U0655248

【岳麓文辑】 张立云·主编

书味集

王鹰翔 著

读时津津有味，越读越有兴味，读后久久回味。

SHUWEIJI
SHUWEIJI

UNITY PRESS 团结出版社

图书在版编目(CIP)数据

书味集 / 王鹰翔著. —— 北京：团结出版社，
2021.4
（岳麓文辑 / 张立云主编）
ISBN 978-7-5126-8676-2

Ⅰ.①书… Ⅱ.①王… Ⅲ.①散文集-中国-当代
Ⅳ.①I267

中国版本图书馆 CIP 数据核字(2021)第 046009 号

出　　版：团结出版社
　　　　　（北京市东城区东皇城根南街 84 号　邮编：100006）
电　　话：(010)65228880　65244790
网　　址：http://www.tjpress.com
E-mail：65244790@163.com
经　　销：全国新华书店
印　　刷：长沙印通印刷有限公司
装　　订：长沙印通印刷有限公司

开　　本：142 毫米×210 毫米　　　　1/32
印　　张：39
字　　数：841 千
版　　次：2021 年 4 月第 1 版
印　　次：2021 年 4 月第 1 次印刷

ＩＳＢＮ：978-7-5126-8676-2
定　　价：398.00元(共九册)

（版权所属，盗版必究）

目　录

辑一　诗味

辑二 文味

辑三 画味

辑
一

诗味

《诗经》里的劳动之歌

《诗经》是我国古代第一部诗歌总集,是读书人必读之书。它不仅使人了解从西周初期到春秋中叶几百年间的社会变迁和人民生活状况,而且诗中的景味、情味浓郁,让人回味不已。读过《诗经》的人,至少记得《周南·关雎》《周南·桃夭》《北风·静女》《卫风·木瓜》《王风·采葛》《郑风·风雨》《秦风·蒹葭》《陈风·月出》和《小雅·采薇》《小雅·隰桑》等篇章,那"关关雎鸠,在河之洲……"展示的渴求人生幸福的画面,那"爱而不见,搔首踟蹰"惟妙惟肖地状写主人公的心情神态,那"一日不见,如三秋兮"的爱之深切与无尽思念,那"所谓伊人,在水一方"的对情人的大胆追慕,都叫人心旌摇曳悠然神往。让我经常默诵的除了它们,还有歌咏劳动的一些诗篇,比如《魏风·伐檀》一诗:

坎坎伐檀兮,寘之河之干兮,河水清且涟猗。不稼不穑,胡取禾

三百廛兮？不狩不猎，胡瞻尔庭有县貆兮？彼君子兮，不素餐兮！

坎坎伐辐兮，寘之河之侧兮，河水清且直猗。不稼不穑，胡取禾三百亿兮？不狩不猎，胡瞻尔庭有县特兮？彼君子兮，不素食兮！

坎坎伐轮兮，寘之河之漘兮，河水清且沦猗。不稼不穑，胡取禾三百囷兮？不狩不猎，胡瞻尔庭有县鹑兮？彼君子兮，不素飧兮！

此诗让我常读常新，即每诵一遍，都有新的感悟。我觉得此诗至少有以下几大特色：

一、句式灵活，变化多姿。《诗经》的句式大多是四字句，但也有一、二、三字句直到八字句。《伐檀》是四、五、六、七、八字句都有，既灵活多样又自然流畅，如同口语直抒胸臆。

二、音韵铿锵，节奏明快。伐木的声音"坎坎"，响在读者耳际。全诗声调抑扬顿挫，起伏中时有波澜；且节奏明朗，疾徐有致。语气词"兮"更用得妙。全诗三节。每节九处语气停顿或曰九句，用了六个兮，恰到好处。多一个或少一个都要为之逊色。

三、与古歌谣《邪许歌》（邪许的读音：ye hu 爷虎）相链接。《邪许歌》是汉文字记载的古代劳动人创作的第一首劳动歌谣。汉代成书的《淮南子》对此做了肯定："今夫举大木者，前呼邪许，后亦应之，此举重劝力之歌也。"《伐檀》里"寘之河之干兮"中的"寘"同"置"，放的意思。置，得扛着或抬着。两人扛或几人抬着大檀树，必须用力一致，前呼后应："邪许——""邪许！"

四、责问有力，讽刺尖锐。《伐檀》重在斥责、嘲讽不劳而获的奴隶主。"不稼不穑，胡取禾三百廛兮？不狩不猎，胡瞻尔庭有县貆兮？"这问题提得多么尖锐！"彼君子兮，不素餐兮！"这讥讽又是多么辛辣！每读此诗，我总在想：古往今来坐享其成欺压老百姓的人太多太多，从古代奴隶主到贪官污吏……

《楚辞》中的爱情之歌

　　《楚辞》同样是读书人必读之书。较之《诗经》,《楚辞》是一种新的诗体,因而具有新的诗风诗味。我读《楚辞》,除了《离骚》《九章》,读得最多的是《九歌》。《九歌》是想象丰富色彩浓重语言优美韵味隽永的组诗,其中的许多佳句如"君不行兮夷犹,蹇谁留兮中洲? 美要眇兮宜修,沛吾乘兮桂舟。"(湘君)"帝子降兮北渚,目眇眇兮愁予;嫋嫋兮秋风,洞庭波兮木叶下。"(湘夫人)"秋兰兮青青,绿叶兮紫茎;满堂兮美人,忽独与余兮目成。"(少司命)"诚既勇兮又以武,终刚强兮不可凌。身既死兮神以灵,魂魄毅兮为鬼雄!"(国殇)等多年来念念不忘。相比之下,想象最奇特、诗味最醇厚者当数爱情之歌《山鬼》。请看开头八句:"若有人兮山之阿,被薜荔兮带女罗;既含睇兮又宜笑,子慕予兮善窈窕。乘赤豹兮从文狸,辛夷车兮结桂旗;被石兰兮带杜衡,折芳馨兮遗所思。"用现代诗来说就是:

有个女孩啊在那山坳，

披着薜荔啊女罗束腰；

含情期盼啊嫣然一笑，

温柔可爱啊形貌美好。

乘赤豹车啊花狸相随，

车扎辛夷啊桂旗如云。

石兰盖顶啊杜衡飘带，

折朵香花啊送给情人。

多么幽雅的环境，多么美好的画面！静中有动，动中有静，刻画出山鬼即山中（有人考证出是巫山）女神——一位美丽多情的少女，对幸福的追求，对爱情的渴望，对情人迟迟不来的猜想与期盼……

《山鬼》一诗深受历代读者的喜爱和好评。它既是剧作家与小说家为之改写或扩写的原创，也是画家常画常新的创作素材。现、当代的许多大画家都涉猎表现过山鬼，如徐悲鸿、黄自、刘旦宅、范曾……他们笔下的一个个山鬼栩栩如生，十分可爱，并且具有不同的个性。屈原的爱情诗《山鬼》令人浮想联翩，永远是作家艺术家取之不尽用之不竭的艺术创作源泉。

张衡的七言《四愁诗》

张衡,字平子,我国东汉时期著名的科学家,是浑天仪和候风地动仪的发明人。他同时是一位大政治家,历任太史令、侍中,曾出为河间相,后官至尚书。张衡在文学上也颇有成就,是汉代的大诗人和辞赋大家。他写有《二京赋》《思玄赋》《归田赋》等和许多诗歌,如四言的《怨篇》、五言的《同声歌》与七言的《四愁诗》(见《汉魏六朝诗选》第7页)。

作为政治家的张衡,看到天下渐弊,民不聊生,官场腐败,国力日弱,而郁郁不得志,作《四愁诗》来抒发心中的苦闷和忧国忧民的情怀。诗中写道:

我所思兮在太山,欲往从之梁父艰。侧身东望涕沾翰。美人赠我金错刀,何以报之英琼瑶。路远莫致倚逍遥,何为怀忧心烦劳?

我所思兮在桂林,欲往从之湘水深。侧身南望涕沾襟。美人赠我琴琅玕,何以报之双玉盘。路远莫致倚惆怅,何为怀忧心烦怏?

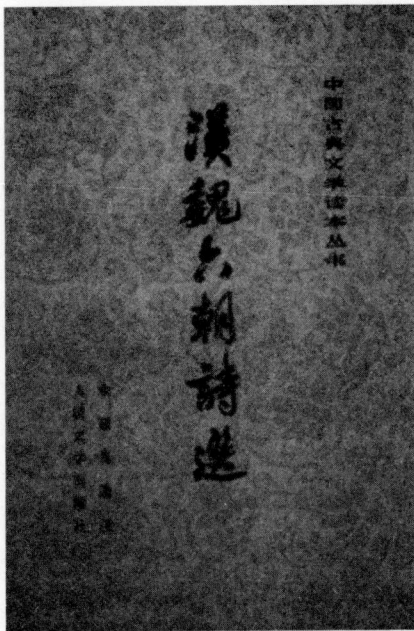

我所思兮在汉阳,欲往从之陇阪长。侧身西望涕沾裳。美人赠我貂襜褕,何以报之明月珠。路远莫致倚踌躇,何为怀忧心烦纡?

我所思兮在雁门,欲往从之雪雰雰。侧身北望涕沾巾。美人赠我锦绣段,何以报之青玉案。路远莫致倚增叹,何为怀忧心烦惋?

诗人思念的"美人"即君子,也就是志同道合的忧国忧民之士,在泰山,在桂林,在汉阳(东汉郡名,郡治在今甘肃甘谷县东),在雁门(雁门关,在今山西代县北)。诗人欲见"美人"却阻碍重重而不能前往,侧身或东望或南望或西望或北望,涕泪满衣裳,由于"路远莫致"也就是无法送到而徘徊不前一筹莫展。诗人有报国救民的远大志向,有大治郡县安抚百姓的政绩,却因现实黑暗难于施展抱负并为此忧伤不已,故在诗中以比兴寄托反复咏叹。此诗承继了《诗经》《楚辞》以来的传统表现手法,但用七言诗的形式写出,这在文人诗歌中属于创举。因为反复咏叹,节奏明快,加上运用比喻、排比等修辞手法,让人读之,如诉如歌,感到非常亲切。

张衡的《四愁诗》是汉代诗歌中的一首杰作。唐人吴兢《乐府古题要解》云:"四愁,汉张衡所作,伤时之文也。其以所思之处方朝廷,美人为君子,珍玩为义,岩险雪霜为谗诐。"元代陈绎曾《诗谱》说张衡:"寄兴高远,遣词自妙。"明代王世贞《艺苑卮言》云:"平子四愁,千古绝唱,……"

北朝乐府民歌《折杨柳歌辞》

在我国古代民歌的艺术宝库中，南北朝乐府民歌占有重要地位。无论是清新俊逸多写爱情的南朝民歌，还是爽朗豪迈表现边塞风光与北方游牧民族生活的北朝民歌，都以情真词切特色独具备受人们的喜爱。以我个人的偏爱，更喜欢吟诵回味北朝民歌。除了歌咏代父从军女英雄的《木兰诗》和展现草原天高地广牛羊撒欢的《敕勒歌》等，让我百读不厌外，我还喜欢知名度不高但意境深邃韵味淳厚的《折杨柳歌辞》，它使我时时沉浸在刚劲健美如画如诗的艺术氛围中。

《折杨柳歌辞》原有多首，宋人郭茂倩编选《乐府诗集》时作为集子里"横吹曲辞·梁鼓角横吹曲"之一的"折杨柳歌辞"收入其中的五首，而其四、其五两首最为脍炙人口：

> 遥看孟津河，
> 杨柳郁婆娑。

我是虏家儿,
不解汉儿歌。

健儿须快马,
快马须健儿。
跸跋黄尘下,
然后别雄雌。

诗中的河指黄河。孟津,古地名,也是古渡口,在黄河边。远远望见孟津黄河边一带,杨柳青青柳枝拂动随风起舞,那是汉人居住、耕作的地方。风中传来汉家儿郎的歌声,但因民族不同语言不通,身为"虏家儿"的我,听不懂歌词的意思。"虏"是胡虏的简称,即当时的汉人对胡人的称呼,含有轻蔑的意味。"我是虏家儿,不解汉儿歌"的直白或曰戏谑,隐含着三种可能:一是"'胡'歌汉释"(余冠英语),出自胡人青少年之口。一是"汉儿"代言,唱出虏家儿想唱但未唱出的牧歌。三是两个民族的年轻人由遥看到相望,由互生好感到放声歌唱。后一首写双方欢聚在一起,开展友谊竞赛——赛马! 健儿,快马;快马,健儿! 只听马蹄得得,但见黄尘滚滚……首先到达终点的健儿便是竞技的胜利者。全诗意气飞扬,写出健儿们包括虏家儿与汉儿骑手的勃勃英姿和如火豪情。总起来说,短短两首五言绝句式的民歌,场面宏大而欢快,形象具体而生动,给人以无尽的联想和回味!

很长一段时间,一些古代民歌的编选家及出版社,碍于此歌中的"虏家儿"不好解释,怕犯错误,而不选它。如20世纪60年代初和70年代末出版并畅销的《历代民歌一百首》与《古代民歌一百首》两书收入《折杨柳歌辞》时,均执意不选"其四"这首最有兴味最令人遐想的民歌,实在可惜! 究其实这种刻意规避、因噎废食的编选,既有害于我国优秀古籍的保存与传承,也有损于读者的阅读和欣赏。

《唐诗三百首》的殿后之作

"熟读唐诗三百首,不会吟诗也会吟。"古往今来,唐诗选集包括家庭读本、学堂读本等成百上千,最著名者莫过于清人蘅塘退士编的《唐诗三百首》。正如文学古籍刊行社(中华书局的前身)编辑部在1955年3月重印《唐诗三百首》(陈婉俊补注本)的"出版说明"中说:"清代蘅塘退士(孙洙)编的唐诗三百首,是一部流传颇为广远的唐诗选集。它选诗范围相当广阔,所选的诗也多具有代表性,这当是它为历来读者所喜爱的缘故。"

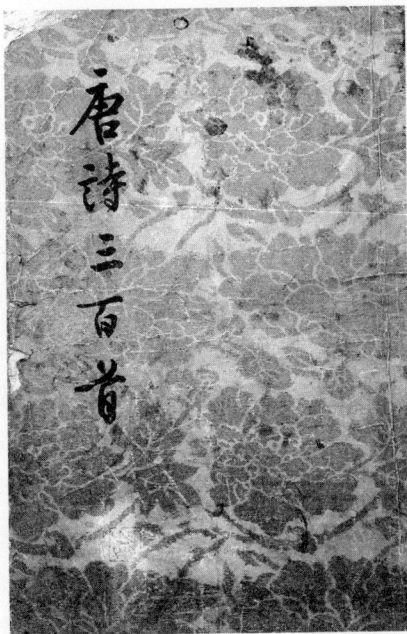

《唐诗三百首》的最后一首诗是杜秋娘的七言绝句《金缕衣》,诗云:

> 劝君莫惜金缕衣,
> 劝君惜取少年时。
> 花开堪折直须折,

莫待无花空折枝。

杜秋娘何许人也? 相关史料称:杜秋娘"金陵女也",晚唐时期南京的一位女诗人。晚唐诗人杜牧曾为杜秋娘诗作序。杜牧,人称"小杜",以别于盛唐时期的大诗人杜甫即老杜。杜牧是晚唐的重量级诗人,他为杜秋娘的诗(也许是诗集)写序,可见杜秋娘的诗在他心目中非同一般,亦见杜秋娘在当时已有诗名。杜秋娘的诗流传后世的极少,但她有《金缕衣》一诗,足可以一当百、传颂千古,让女诗人欣慰了。

《金缕衣》的语言通俗易懂,含义丰富深远。诗人用亲切、温柔、委婉的口吻,从劝勉对方开始到直陈利害。两个劝字句,像大姐姐劝小弟弟,又像新妇劝丈夫那样,道出个人的感受特别是对当事人的期望。价值连城的金缕衣与"寸寸光阴寸寸金,寸金难买寸光阴"的"少年时"相比较,后者才值得珍惜!"君"要趁美好时光,努力进取,有所作为,让青春放出异彩! 后两句用"花开堪折……"作譬喻,说出光阴匆匆时不我待机会转瞬即逝的道理即利害关系。其借用准确,语重心长,促人警醒! 正如诗注者陈婉俊在诗句旁点评:"即圣贤惜阴之意,言近旨远。"少年时的大好光阴一旦浪过,老大徒伤悲,就如同繁花似锦的花枝当折你不折,花落叶枯后你再折,只能折取空空如也的枝条。

蘅塘退士将杜秋娘的《金缕衣》作为《唐诗三百首》的殿后之作,可见他的选诗标准与寄寓的深意。

宋词里辛弃疾的田园诗

南宋词人辛弃疾写的词"慷慨纵横,有不可一世之概"(《四库全书总目提要》语),其雄奇阔大的意境和悲壮豪迈的格调是对苏轼豪放词风的继承和发扬光大,使之达到了新的高峰。稼轩词题材广泛,手法多样,他除了写出许多诸如"要挽银河仙浪,西北洗胡沙""想当年金戈铁马,气吞万里如虎""道男儿到死心如铁,看试手,补天裂"的慷慨激昂杀敌报国的"壮词",也写了一些婉丽清新情味别致的反映农村生

活的词作即田园诗,著名者如《鹧鸪天·代人赋》《鹊桥仙·己酉山行书所见》《浣溪沙·常山道中即事》等。这里,我们来欣赏他的《西江月·月夜行黄沙途中》:

明月别枝惊鹊,清风半夜鸣蝉。稻花香里说丰年,听取蛙声一片。
七八个星天外,两三点雨山前。旧时茅店社林边,路转溪桥忽见。

月色。归途。作者夏夜从黄沙岭下经过,到自己以前到过的一家

客店去。一路上月光如水,皎洁的月光使憩息在树木斜枝上的鹊鸟惊飞不定。一阵阵清风吹来,蝉儿在半夜时分又唱起了歌谣。田野里稻花飘香,稻田中蛙鼓声声,响成一片,似乎在向行人报喜:今年是丰收年景!抬头看天,疏星朗朗,偶尔还有三两点小雨滴飘到脸上。山回路转,过了溪桥,熟悉的茅店忽然出现在眼前……作者一路踏月徐行,一路观赏吟哦,轻轻几笔,勾画出乡村夏夜幽美的景色。其笔调之灵动、轻快,如同作者夜行的脚步。不知不觉地目的地就要到了,则与作者为农家丰收在望而无比喜悦的心情相应。

作者对农村对农民有深厚感情,笔墨能融情于景,写得妙趣横生。在艺术上不加藻饰地素描,且大胆地将数字入词,更是别开生面。"七八个星天外"与"两三点雨山前",对仗工整,含蓄形象,韵味十足。如果说这首《西江月》词是一幅乡村风景画,那么,下面的一首《清平乐·村居》便是一幅农家人物画:

茅檐低小,溪上青青草。醉里吴音相媚好,白发谁家翁媪?

大儿锄豆溪东,中儿正织鸡笼,最喜小儿无赖,溪头卧剥莲蓬。

小溪边的茅草屋里,不知是哪家的白发苍苍的老公公和老婆婆,喝得醉醺醺的,说着软软的柔媚的南方话在相互打趣。大孩子在溪东豆田里锄草,半大的孩子在家里编造鸡笼。顶喜欢最小的孩子那副顽皮劲儿,俯卧在溪边只顾剥着莲蓬吃。画面上五人各具情态,尤以两老一小最为生动引人。农家生活是那样平和、温馨,环境与人物的搭配又是那样自然而匀称……在山区工作、生活的人,对农村对农民一直关注的读者,读了辛弃疾的这两首田园诗,感觉会更加亲切美好。

不该遗漏的元曲小令

王和卿是元代的散曲作家，与剧作家关汉卿是好朋友，常有作品，互为讥谑唱和。

王和卿散曲多写日常生活里的寻常事物，作品俳谐俚俗，语带讥讽，颇有情趣。其想象力之丰富之奇妙，语言之幽默之传神，在同时代的作家中，无人能出其右。

和卿曾写有一首小令《仙侣·醉中天 咏大蝴蝶》（见《全元散曲》第41页）：

> 挣破庄周梦，
> 两翅驾东风。
> 三百处名园一采一个空，
> 难道风流种。
> 褪杀寻芳的蜜蜂，
> 轻轻地飞动，
> 把卖花人扇过桥东！

应该说这是一首充满动感生气勃勃引人入胜的小令，是元曲中

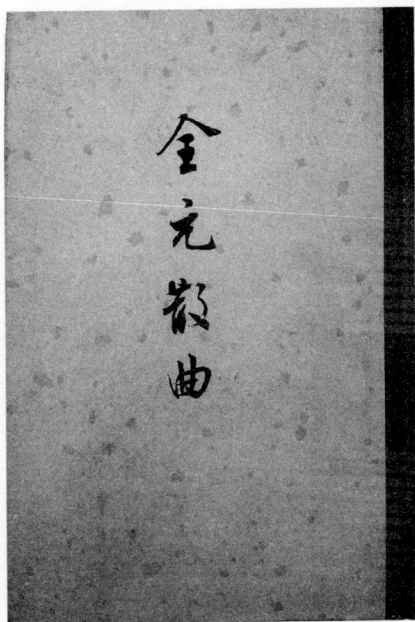

不可多得的佳作，可一些有关古代诗歌选读的权威选本竟然漏选。比如20世纪80年代初，中国青年出版社编辑部"为适应青年学习的迫切需要而编辑出版的《青年文库》"中的《历代诗歌选》，就未收入这首著名的脍炙人口的小令，这不能不说该"诗选"有明显的遗珠之憾！还有文学史家，如郑振铎，在其著作《插图本中国文学史》里谈到元代散曲作家时，居然说王和卿"但可惜他的滑稽和所讽刺的对象都落在可怜的被压迫阶级以及不全不具的人体之上，并没对统治阶级有过什么攻击。所以他的成就并不高。"至于王和卿的这首小令，还有另外一首代表作《双调·拨不断·大鱼》，郑振铎在书中连提都不肯提起。究其实王的后一首小令同样脍炙人口：

> 胜神鳌，卷风涛，脊梁上轻负着蓬莱岛。万里夕阳锦背高，翻身犹恨东洋小。太公怎钓？

上述郑振铎对王和卿散曲创作成就的评价，如果不是郑的偏颇之见，也是对王和卿的苛求。因为和卿毕竟是古人，没有郑的革命思想与世界观。

警钟长鸣的《乙亥杂诗》

20世纪60年代初,我上初中一年级,语文老师指导学生课外多读些古典文学。在老师推荐的《中华活叶文选》合订本(二)中,有晚清诗人龚自珍的《乙亥杂诗》。老师辅导时特别提到这首诗选自龚自珍的同名组诗,说这组诗共有315首,都是七言绝句。"文选"上选的是第125首,这首诗在组诗众多佳作里面名气最大,可以说是不朽之作。全诗是:

九州生气恃风雷,

万马齐喑究可哀。

我劝天公重抖擞,

不拘一格降人才。

老师解释:"万马齐喑"比喻当时的晚清社会死气沉沉,人们都不敢说话,更不用说说真话!这是多么可怕的事情!改变这种状况只能靠变革即社会巨变!诗中"风雷"就是指新兴的社会力量的出现,它将以扫荡一切的磅礴气势,打破封建统治那令人窒息的一片死寂

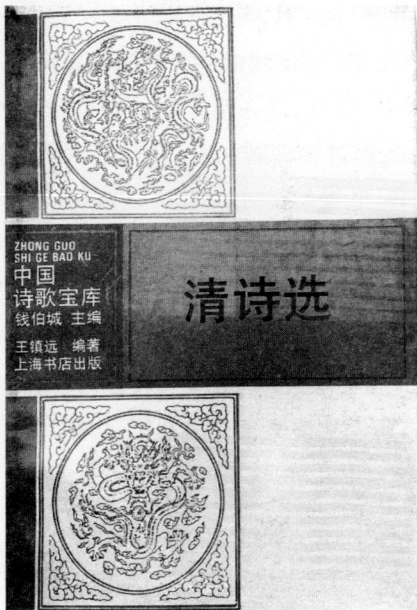

的局面,让九州生气勃勃,让人间万马奔腾!还说这首诗不但揭露了当时封建社会的黑暗,鞭挞了当时的封建统治阶级,而且可以作为时代的镜子,让后人不断地对照、警醒……

若干年后,我教中专写作课,因为要引用一些古典诗词,便重新研读了部分名作包括龚自珍的《乙亥杂诗》。我发现我当年只注重读、背此诗而忽视了作者写的诗注:"过镇江,见赛玉皇及风神、雷神者,祷词万数,道士乞撰青词。"因为只有通过作者自注,了解其写作经过,才能比较准确地把握这首诗。

原来,诗人从京城(北京)辞官南下,想回仁和(今杭州)老家去,路过镇江时,正赶上当地举行祭拜玉皇大帝和风神、雷神的仪式。道观前旗幡飘飞,青烟缭绕,鼓乐喧天,热闹非凡。道观内外,人山人海,祷祝者足有万人之多。道长特请诗人写篇献给天神的祷念的祝文即青词(用毛笔将祝文写在青藤纸上,故称)。对当时的黑暗社会不满、迫切渴望改革变动的龚自珍看到风神、雷神,想到要用风、雷的威力来打破眼前"万马齐暗"的局面;看到天帝玉皇,想到要让天公多降人才来改造社会强国富民;便以这首诗代替青词大声疾呼。所以当时就有人称此诗为"警世之作""如警钟长鸣"!

胡适先生的新诗《湖上》

胡适先生的《尝试集》是我国第一本白话诗集，是公认的我国新诗领域的开创性作品。关于这一点，我们从诗人臧克家对胡适新诗的评论的重要更改中可以看出端倪。1955 年，臧克家受中国青年出版社之委托编选《中国新诗选》(1919—1949)，他不但不选胡适的新诗，还在他写的此书"代序"《'五四'以来新诗发展的一个轮廓》中，用三大段文字对胡适口诛笔伐。到了20世纪70年代末，随着历史新时期的到来和文艺禁区的打破，胡适的作品陆续得以出版，广大读者逐步看到一个真实可爱而又令人肃然起敬的胡适。当社会舆论特别是学术研究开始由长期以来的"贬胡"转变为"褒胡"时，臧克家于1979年对自己写的那篇著名新诗论文《"五四"以来新诗发展的一个轮廓》做了重大修改，他不仅全部删除了当年自己对胡适新诗及其本人的三大段共900余字的评论，还肯定胡适："他是第一个用白话写诗的人，他

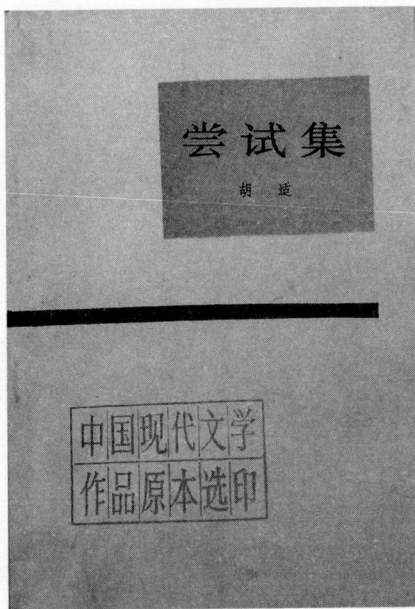

的《尝试集》,是新诗坛上的创始之作,出版于一九一七年。"(见《克家论诗》文化艺术出版社1985年第1版第141页。)

胡适的新诗集《尝试集》里确实有不少充满生活气息的诗情浓郁的好诗,如第一编第一首《蝴蝶》、第三首《中秋》等,第二编第一首《鸽子》、第三首《三溪路上大雪里的一个红叶》等。这里我们来欣赏该诗集第三编中的一首佳作《湖上》:

水上一个萤火,

水里一个萤火,

平排着,

轻轻地,

打我们的船边飞过。

他们俩儿越飞越低,

渐渐地并作了一个。

湖上,船边,有个萤火虫在上下飞舞。作者不说湖水波光粼粼倒映着萤火,而是说两个"平排着,轻轻地"飞过,直到萤火虫越飞越低,贴近水面,两个"并作了一个"。全诗写诗人眼中所见,真切、清新、自然,读的人感同身受,历历如在目前。"打""儿"等口语入诗,更增添了诗的情趣……

作为我国第一个用白话创作新诗的学者胡适,勇于探索,敢于创新。他大胆地突破旧体诗形式与精神的樊篱,率先用白话和口语写诗,成为中国新诗的开创者,且成就巨大。包括《湖上》在内的许多好诗便是例证。

徐志摩的诗《再别康桥》

徐志摩是20世纪二三十年代我国新诗诗坛上的重要诗人。他的诗清新流畅飘逸潇洒，其基本风格是轻灵。收入《猛虎集》中的《再别康桥》便是体现他诗风的代表作品。全诗是：

轻轻的我走了，正如我轻轻的来；我轻轻的招手，作别西天的云彩。

那河畔的金柳，是夕阳中的新娘；波光里的艳影，在我的心头荡漾。

软泥上的青荇，油油的在水底招摇；在康河的柔波里，我甘心做一条水草！

那榆荫下的一潭，不是清泉，是天上虹/揉碎在浮藻间，沉淀着彩虹似的梦。

寻梦？撑一支长篙，向青草更青处漫溯，满载一船星辉，在星辉斑斓里放歌。

但我不能放歌，悄悄是别离的笙箫；夏虫也为我沉默，沉默是今

徐 志 摩 诗 集

四川人民出版社

晚的康桥!

　　悄悄的我走了,正如我悄悄的来;我挥一挥衣袖,不带走一片云彩。

　　诗有七节,每节大多是四个短句。诗中的"康河",现在通译为"剑河",河边有英国剑桥大学等古建筑。"榆荫下的一潭"指的是剑河上的拜伦潭。据说英国诗人拜伦经常到潭边游玩,小水潭因此得名。下文中的"康桥",现译为"剑桥",古桥至今尚在。康河连同康桥,是一个风景秀丽气候宜人的地方。青年时期的志摩曾在此读书、生活过,并结识了许多英国朋友。因印象深刻感情醇厚,所以诗人在只身重游康桥时依依不舍激情难遏,以至于在归国途中的南中国海上,写下这首名作。

　　此诗开头四句不同凡响,作者将无限的柔情与恋意融入诗行之中。接下来作者用几节诗句铺叙、描述那熟稔而温馨的康河的美丽景致:河畔、金柳、软泥、青荇、榆荫、潭水、浮藻……这一切都是恬静而美好,难怪夕阳中的新娘及其波光、艳影、彩虹……让诗人心旌摇曳,要去寻梦,去轻舟漫溯,乃至想在星辉里放声歌唱! 但诗人此时此刻只能"轻轻"作别"悄悄"离去,因为离愁充溢胸间不得不压抑着歌喉,因为生活在康桥周围的英国友人包括他的师长、同学太多,诗人不想惊动烦扰他们。

　　诗的最后一节与开头相照应,并以相近的句式强调再别康桥的"别"是"悄悄的"别。其末尾两句诗,可谓神来之笔!"我挥一挥衣袖,不带走一片云彩!"让人间至美长留康桥,让西天的云彩也就是英伦三岛上空的云彩自由自在地飘飞吧。

　　很多人赞赏徐志摩的《再别康桥》。一些诗人与持客观公允态度的诗歌评论家都曾给予很高的评价。我想是因这首诗的语言美意境美特别是诗人倾注在诗中的挚情感染、打动了广大读者!

郑愁予的诗《错误》

郑愁予,原名邹文滔,河南人,1949年去台湾,遂成了台湾诗人。他1954年写的抒情短诗《错误》堪称他的代表作。此诗收入他的诗集《郑愁予诗集》。由于此书在台湾出版发行,大陆读者很少有人买到。我曾托人代买,但一直没有结果。20世纪90年代初,我是在大陆一家刊物上最先读到《错误》这首诗的,随后我抄录下来以便留存。2001年,我邮购到人民文学出版社刚出的《中国新诗萃》(台港澳卷)一书,该书111页刊载有郑先生的大作《错误》:

(我打江南走过

  那等在季节里的容颜如莲花的开落)

东风不来,三月的柳絮不飞

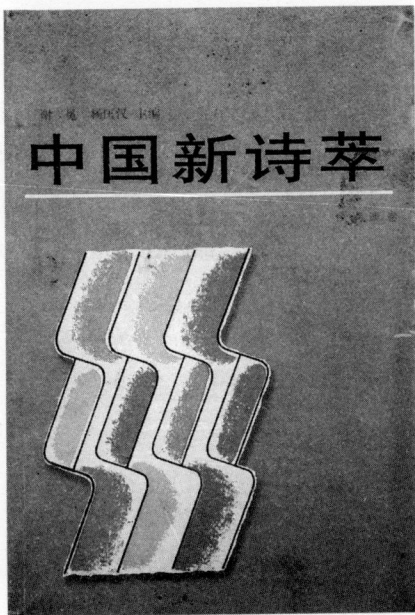

你的心如小小的寂寞的城

恰若青石的街道向晚

跫音不响，三月的春帷不揭

你底心是小小的窗扉紧掩

我达达的马蹄是美丽的错误

我不是归人，是个过客……

用"错误"做诗题，很冒险，太奇特，因为错误一词，常用于政治述语，人们都谈之色变，唯恐避之不及。但作者用了，而且在诗中表明"是美丽的错误"。用"美丽"来定义错误，来形容错误，来说明错误的性质，太有意思了！可以说是诗人的独创！

从诗面上看，这首诗似乎是写（也许的确是写）一位佳人在等待着归人。这佳人，有诗评家认为是少妇，有人说是少女，但我却隐隐感到，诗人是写江南三月的美好以及春光易老时日短暂，春三月急切地渴盼人们特别是游子尽快归来，来欣赏江南春色，来珍惜大好时光。而诗中的过客因来去匆匆，面对三月的江南的如诗如画不能细细观赏体味而惆怅而惋惜。

这首诗在结构上颇有特色，一纵一横两条线索。语言也优美典雅，几个名词即意象词均带有古典意味，四个"不"字加强了抒情的委婉。比喻、象征等修辞手法的运用，也给诗篇增添了情趣。因文字纯净意境深邃韵味悠长，郑愁予的诗《错误》被海峡两岸的诗歌爱好者公认为"现代抒情诗的绝唱"。

余光中的诗《雨声说些什么》

前不久，见到一册封皮与版权页俱无的旧书《余光中的诗》，从重新设计并包装的朴素、典雅的诗集封面与封底，可以看出书的主人对诗人崇敬和喜欢的程度。我翻阅着诗集，书里有我熟悉的余光中的名作《有赠》《碧潭》《乡愁》等，也有不少我从未读过的余诗。忽然，一首题为《雨声说些什么》的诗跳入我的眼帘！一年前，我曾在兰州市公共阅报栏里见过这首抒情诗，读后感觉极好！当时记下此诗刊登在某月某日的《甘肃日报》"经典回放"专版，准备随后去报刊零售亭问问是否还有该期报纸。事又凑巧，省军区家属院门卫值班室办公桌上的一摞新报纸中就有我要找的这张报，当我提出能否借给我去复印，他们很爽快地将报纸送给我，让我带回老家。没想到此诗早已编入诗集。现在重读它，如同故友重逢，真叫人高兴！我敢说《雨声说些什么》是余光中先生写得最有情味最具特色的一首抒情诗！诗云：

一夜的雨声说些什么呢/楼上的灯问窗外的树/窗外的树问巷口的车/

一夜的雨声说些什么呢/巷口的车问远方的路/远方的路问上游的桥/

一夜的雨声说些什么呢/上游的桥问小时的伞/小时的伞问湿了的鞋/

一夜的雨声说些什么呢/湿了的鞋问乱叫的蛙/乱叫的蛙问四周的雾/

说些什么呢，一夜的雨声/四周的雾问楼上的灯/楼上的灯问灯下的人/

灯下的人抬起头来说/怎么还没有停啊：从传说落到了现在/从霏霏落到了湃湃/从檐漏落到了江海/

问你啊，蠢蠢的青苔/一夜的雨声说些什么呢

这首诗共七节，至少用了10种修辞手法：拟人、设问、反复、拈连、借代、回文、排比、联珠（顶真）、夸张、摹状。诗中的层楼、灯光、小窗、大树、巷口、长路、河桥、少年、雨伞、湿鞋、鸣蛙、雨雾……组成一个个生机盎然的画面，是那样亲切、自然而又温馨！而"从传说落到了现在/从霏霏落到了湃湃/从檐漏落到了江海"三句，更使人如闻其声，如见其景！非凡的诗的概括力与表现力使人产生一连串的美好的联想！——诗写到这里，本可以结束，但作者锦上添花续上最后一节共两句诗，一则与诗的开头相呼应，二则青苔是雨水长期润泽和阳光抚慰的产物，随口相问自然而贴切。俏皮的问话增加了诗的张力与厚度，把历史和现实巧妙地结合起来。

《雨声说些什么》不仅是一首令人赏心怡神的好诗，而且能发人诗思启人心智。对于广大诗歌爱好者尤其是诗作者来说，如何去选材、立意、谋篇布局、剪裁、推敲等，进而写出好诗，余先生的这首诗可做示范。

郭小川的抒情长诗《十年的歌》

我喜爱郭小川的诗,特别是他在20世纪50年代末到60年代头几年其诗艺最为娴熟、创作最富激情时写的一些诗篇。我购买与收藏了小川中华人民共和国成立后到去世前出版的所有诗集,其中让我最看好的是《甘蔗林——青纱帐》这本诗集。集子中有不少好诗如读者津津乐道的"林区三唱":《乡村大道》《甘蔗林——青纱帐》《青纱帐——甘蔗林》《秋歌》之一之二之三等。较之短诗,集子中的两首抒情长诗《春暖花开》和《十年的歌》也写得同样精彩,叫我时时默诵,再三回味。这里,我只谈谈《十年的歌》。

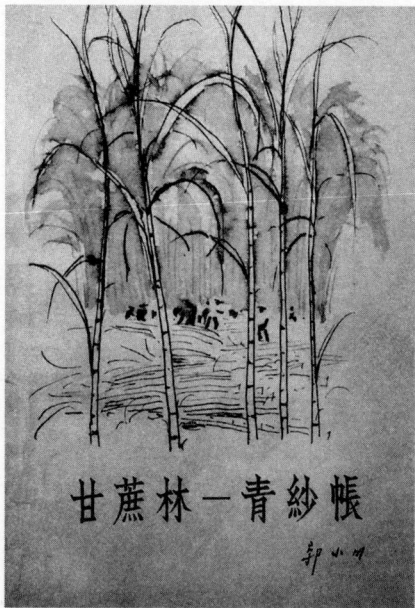

中华人民共和国成立十周年的1959年,体制内的诗人们仍一如既往地"放声歌唱"。除了写出成千成万首短诗(不包括工农兵作者创作的民歌体的短诗,其数量巨大,上百万计),诗人们还写了不少歌唱祖国的长诗,如贺敬之、徐迟、韩北屏、田间等,其中包括诗人郭

小川。为庆祝中华人民共和国成立十周年,诗刊社编选一本专收抒情长诗的诗集《祖国颂》,交中国青年出版社出版发行,书中就有小川的长诗《十年的歌》。

从诗的艺术角度上看,我觉得《十年的歌》是《祖国颂》中最有特色的一首,诗的艺术构思与层次安排极为精巧,语言更是活泼流畅新美动人。全诗440多行,依次分为四个部分,层层递进;音韵铿锵铮铮作响的诗行,奔泻着诗人潮水般的激情!请看诗的开头,也就是第一部分"我的心在全国遨游"的第一节:

从一九四九到一九五九

——整整十个年头,

我的心呵,

在全国遨游:

北到漠河,

南到广州,

西到戈壁滩,

东到长江口。

紧接着,诗人用两个富有感染力的排比句组成的小节来抒写感情上的这十年和时间上的这十年:

她呀并不轻闲,

倒真是步履维艰:

一步一个脚印,

一步一滴热汗,

一步一丝感触,

一步一线挂牵,

一步一次回顾,

一步一点流连。

时间纵然飞快,

路途也很难捱。

十次柳絮飞,

十次蜡梅开,

十次春雷响,

十次桃讯来,

大雁走过十次来回路,

红叶十次染山崖。

写到这里,诗人笔锋一转,谈起个人即自己的经历:

在我们的祖国中,

我已度过四十个阳春。

十年穷家苦孩子,

十年少年读书人,

十年革命军战士,

十年共和国公民。

这第四个十年呵,

才进一步走向生活的中心。

这四十年的岁月,

如此平凡又不平凡:

十年有忧无虑,

十年无知有胆,

十年东冲西奔,

十年多思少眠。

这第四个十年呵,

才进一步迎向生活的狂澜。

读到这里,读者会情不自禁地击节赞叹! 赞叹诗人的艺术概括力之非凡！是的，出生于1919年的郭小川，其时正进入不惑之年。个人成长的战斗的历程，该是异常丰富色彩斑斓，但他只用两组各为四个排比句来概括来总结，多么准确、到位！多么具体、温馨！简直是信手拈来，妙句天成！接下来，诗人用幽默、欢快的诗行来表现祖国和我、我和祖国之间的亲密无间的关系，来反映祖国建设的繁忙和劳动者心情的舒畅：

> 祖国是我们大家的，
> 我也属于祖国所有。
> 而祖国呵，
> 从没有平静的时候。
> 我的心呢，
> 也是情思悠悠：
> 既有无穷的欢乐，
> 也有短暂的烦愁；
> 既有温暖的阳光，
> 也有火烈的战斗。
>
> 我是祖国中极普通的一个，
> 祖国也属于我。
> 而祖国呵，
> 从没有空闲的时刻；
> 我的心呢，
> 也是感奋多多：
> 既有巨大的喜悦，
> 也有小小的折磨；
> 既有快人的甘露，
> 也有微微的风波。

在诗的第二部分"什么事物留的印象最深?"和第三部分"一面浩大无边的画幅"中,作者分别用一节又一节诗来歌唱"工人守候炉边""社员在田间奔走""战士蜷伏山冈""……孩子已满九岁""青年男女坐在树下""诗人苦苦凝思""夫妻在枕边夜话"等伟大与平凡的生活情景,来歌唱"钢铁基地""人民公社""新兴的城市""远方的沙漠""葡萄串般的水库""绿色的森林""江河上的工程""东方的海洋"等新面貌新气象,并不时用精准传神的承上启下的或带有过渡性抑或总结性的诗节相串联,流畅跃动的诗行里时时迸出一组组佳句妙语:

朋友呵,

你无须这样探求:

在我们的祖国,

哪里最快乐而自由?

我干脆回答你:

每条山沟,

每片平地,

每块沙洲。

同志呵,

这样的问题不用提:

在我们的祖国,

哪里最使人眷恋入迷?

我只能说:

一切区域,

一切乡村,

一切城市。

如果你这样询问：

什么事物留的印象最深？

我的心呵，

就要暴跳一阵：

语言的河流，

如波涛滚滚；

思想的碎片，

如大雪纷纷……

……

十年的岁月呵，

五彩缤纷：

多少期待的夜晚，

多少焦灼的早晨，

多少艰辛的晌午，

多少快乐的黄昏！

在诗的第四部分"伟大的战斗"中，诗人对祖国的未来进行展望，对自然界的难关、险道、风雨乃至天空、土地、宇宙，一一进行询问并提出要求；对未来的十年即195年9到1969年表示："我的心呵，还要在全国遨游。"……其中的两节诗最为新奇别致，体现出诗人独到的选材与表现技巧：

一天胜似一天，

一年好过一年，

天天有个早晨太阳出，

年年有个春风吹度玉门关。

今天的太阳照白雪，

明天的太阳照清泉。

今年的春风吹荒野，
明年的春风吹果园。
若问十年新变化，
请你自己细细看。

一夜胜似一夜，
一月好过一月，
夜夜有个黑衣使者来，
月月天上飞仙姐。
今夜的使者催人眠，
明夜的使者报喜忙不迭。
这月的仙姐落平台，
下月的仙姐上楼阶。
若问十年新变化，
请你自己徐徐把幕揭。

作者不说未来的十年变化更大，而是用含蓄爽朗的诗句和寓意深长的比拟，让读者自己去看新的十年巨变，去揭新的十年大幕，从而给读者以更大更美好的想象空间，也使全诗即将结束但余味悠远⋯⋯

《十年的歌》是一首难得的好的抒情长诗，是郭小川诗作里的佳作。可令人不解的是诗歌评论家们评价小川的诗时，无人提及此诗。初版、再版的《郭小川诗选》也不收《十年的歌》。读者不禁要问有关评论家和诗选编者：好诗的标准究竟是什么？能否补救以减少遗珠之憾！

李季的诗《江南草》

作家出版社1958年编辑出版了一本《1957诗选》，书中选收了李季的一首抒情诗《江南草》，给我的感觉极好，印象很深。我觉得它是20世纪50年代我国新诗诗坛上为数不多的最好的抒情短诗之一，值得一读再读，细细欣赏品味：

菊花怒放的秋天，

我第一次来到了江南。

虽然我来也匆匆，去又忙忙，

但你的美丽却一千倍地超过了我的想象。

望着你那花团锦簇的城市，

最瑰丽的画卷都失去了颜色；

漫步在风光明媚的水乡，

就是传诵千古的绝句也显得苍白。

人们说"上有天堂，下有苏杭"，
天堂只不过是人们按照你的模样编织出的幻想。

你的美丽使我感到羞愧，
词囊里竟找不到一个形容你的词汇。

我知道秋日里还不能显出你的神奇美妙，
我见到的也只是你那千里花香中的一棵草。

可是，我就要回去了，
我就要带着这片草叶回去了。

我要把这片草叶带到沙漠上，
我要把这片草叶带回我的家乡。

我要把它种在戈壁滩上，
我还要对我的乡亲们这样讲：

"用我们的汗水浇灌它吧，
让我们的大戈壁也变得像江南一样！"

李季运用已经熟稔了的陕北民歌"信天游"两句一节一韵的形式，写自己初次来到江南的切身感受。诗中说江南的美丽"一千倍地超过了我的想象"，那"花团锦簇的城市""风光明媚的水乡"，天堂一样的苏杭……乃至"你的美丽使我感到羞愧，/词囊里竟找不到一个形容你的词汇。"在这里，诗人巧妙地避开了想具体细致地描绘江南秋色但囿于手拙词穷的困窘，把美景的展示与吟唱留给读者自己。作者接着说："我知道秋日里还不能显出你的神奇美妙，/我见到的也只是你那千里花香中的一棵草。"读到这里，人们会自然而然地产生联想，由这棵草想到那千里花香，由秋之江南想到冬之江南、夏之江南特别是杏花春雨江南，那该是何等的美丽！何等的神奇美妙！

诗题点出后，作者从江南草生发开去，把诗引入新的意境或曰使诗的主旨得到升华："我要把这片草叶带到沙漠上""带回我的家乡""种在戈壁滩上""让我们的大戈壁也变得像江南一样！"众所周知，诗人李季20世纪50年代曾长时期地在玉门油矿体验生活，写"石油诗"，他视戈壁滩为第二故乡。因此诗中的"带回我的家乡"是作者的由衷之言，结句更表达出戈壁滩人也就是大西北的建设者们包括李季的美好的强烈的愿望。

古往今来，写江南美景的诗篇不计其数。诗人李季不落窠臼，他以含蓄隽永的诗句来表现这一永恒的题材，并且能独辟蹊径，创立新意，字斟句酌，写出这首耐人咀嚼的好诗。

此诗于1957年11月写于南京至上海途中，发表于同年12月6日《人民日报》。作者1959年出版的诗选集《难忘的春天》收入它时，曾做了修改润色。但有的字词改动欠妥，不及原创自然贴切。比如把原创中的"最瑰丽的画卷"改成"最美丽的画卷"，这就和上、下节诗句中的"美丽"用词重复。再如把"传诵千古的绝句"改为"传颂千古的绝吟"，更显得生硬、突兀，破坏了诗的流畅顺口。作者1978年编选出版的《李季诗选》仍沿用《江南草》的修改稿，叫人读之，不胜惋惜。

公刘的诗《致黄浦江》

20世纪50年代初期与中期,诗人公刘如同一颗新星,闪耀在新中国的诗坛。他写出许多短而精美的好诗,深受读者的喜爱和欢迎。直到半个多世纪的今天,我们重温公刘的这些抒情短诗,仍然感受到诗的鲜活气息与艺术魅力。

公刘是"在小学的地理课本上"认识了黄浦江,我是上初中时在学校图书室借给我的公刘诗集《在北方》一书里得知他的大名。我在囫囵吞枣的诵读中感觉到这些诗

短而有趣有味,竟乘兴抄录了十来首。因年少记忆力强,抄写下来也背得出来,并且一直念念不忘。这其中就有《八达岭上放歌》《中原》《夜半车过黄河》《运杨柳的骆驼》《给一个黑人水手》和这首《致黄浦江》:

在小学的地理课本上,

我就认识了你,黄浦江!

那时候，海盗们的舰队横冲直撞，
黑色的炮口瞄准了中国的门窗。

数不清的"总督"和"帮办"，
把秦砖汉瓦黄金白银一起搬进船舱；
烂醉如泥的外国水兵，
用猥亵的目光打量着你洁白的胸膛……

当我知道这一切，我哭了，
黄浦江，我把眼泪交给你贮藏；
我去当了一名为自由而战的兵士，
于是，有权写下这骄傲的诗行！

尽管《致黄浦江》不一定是公刘的代表作，但我很喜欢这首诗，因为它朴素、亲切、感人。读之，就像亲耳聆听诗的主人公即作者诉说他参军的原因和写作此诗的底气。黄浦江给他的印象是逐步加深的，从书本到现实，有一个认识渐进的过程，以至于民族自尊心和热爱祖国的情怀，使得作者毅然决然地投笔从戎。注意：作者是"去当了一名为自由而战的兵士"！自由，何其伟大、神圣！"为自由而战"，而不是为其他而战，说明自由在作者心目中高于一切！作者的理想和信念是建立一个没有压迫与剥削的人人自由、平等、幸福的新中国。

全诗三节，我尤其喜欢吟诵最后一节："当我知道这一切，我哭了，/黄浦江，我把……"是的，"为自由而战的兵士"胜利归来，才有资格与底气写"致黄浦江"的诗，才有资格与豪情为祖国为人民放声歌唱！

李瑛的诗《南方的山》

　　李瑛是一位热情如火而
又诗情喷涌的诗人。他的诗
"开阔而优美,时代感特别强
烈,尖新的意境和浓郁的诗
情,打动了许多读者。"在李
瑛的诗选集《红柳集》(由20
世纪50年代李瑛先后创作出
版的八本诗集中的诗精选而
成)里,有许多耐读的好诗。
现举出其中的一首抒情短诗
《南方的山》为例,看看诗人
是怎样驾驭题材吟咏诗句和
收放笔墨的:

对于我们南方的山,
我的诗怎能用吝啬的语言,
满天的阳光、满天的云雾、满天的雨水,
碧绿、深紫,好不奇幻!

而且还有满坑满谷的大树,
而且还有亘古轰响的飞泉……
既然你微笑着站起身来迎接我,

我就要停下："你好，南方的山！"

诗题是"南方的山"，题材很大，范围很广，让人油然想到江南丘陵，想到东南沿海丘陵，想到我国南方那许许多多著名的山：黄山、衡山、雁荡山、武夷山、武当山、南岭乃至十万大山……如何去表现它们歌唱它们呢？这对一般的诗作者而言，即便不犯难，敢于尝试，但没有五十、七十行诗的篇幅恐怕完成不了"任务"——最少最少也得写十六行，才勉强像回事！诗艺高超的诗人李瑛，以少胜多，只用两节共八句诗来描述和歌咏南方的山，并且描述得很具体很形象，歌咏得很挚诚很豪放，使读的人不能不佩服作者艺术概括力之大和艺术表现力之强！

诗人以议论性的诗句开头，顺势赞颂了南方的山得天独厚，连用三个"满天"，极写阳光之多、云雾之大、雨水之丰。由于时而阳光灿烂，时而云雾蒙蒙，时而雨水淋漓，所以南方的山呈现出或碧绿或深紫等山色，如诗如梦如幻。

在第二节，作者先用两个诗句写实："而且还有满坑满谷的大树，/ 而且还有亘古轰响的飞泉……"抓住了南方的山的植被和水源的特征（这是南方的山不同于其他地方的山之处）。一串省略号又令人想起更多的山川风物。接下来，作者用拟人的修辞手法，鲜活的艺术形象，写出南方的山的亲切、高大和妩媚，"微笑着站起身来迎接"我——骑马挎枪走天下的革命战士，那"我就要停下"，向南方的山致以战斗的敬礼！并大声问好！

诗短情长，小诗不小。其思想的深度，情愫的厚度，语言的力度，来自诗人对祖国河山的爱恋和对诗的感悟与精心锤炼。

戈壁舟的诗《秋歌》

诗人戈壁舟 1963 年至 1964 年间，曾分别在《人民日报》和《人民文学》上发表一长一短两首力作，即抒情长诗《东风歌》和抒情短章《秋歌》，颇受读者好评。《秋歌》一诗首发于《人民文学》1964 年 4 月号，后来收入作者 1979 年出版的诗集《三弦响铮铮》中。在当代诗人中，写"秋歌"的大有人在，比如郭小川，先后写了四首《秋歌》，其中写于 1962 年 9——11 月的《秋歌》之一、之二、之三共三首诗，堪称佳作。

和它们相媲美的是戈壁舟的《秋歌》——这同样是一首极富特色的不可多得的好诗。这首诗四句一节，共有七节：

太阳要数秋天亮，
月儿要数秋天明，
秋天的天更高，
秋天的水最清。

秋天的鸟儿，
都有好歌喉；
秋天的虫儿，
都是弹琴手。

田野上一片金黄，
阴天里也有阳光。
农家中瓜熟稻香，
没有花也自芬芳。

塞北草深，
英雄好牧马；
江南水涨，
好汉正行船。

哪一座高山，
没有跃进的歌声？
哪一个平原，
没有欢乐的收成？

寒风刺骨，
战马精神抖擞；
穿过雪地冰天，
又是红花绿柳。

自古诗人爱悲秋，

我爱秋天好战斗。

等到万山红遍了，

我们又上一重楼。

诗人出手不凡，大气磅礴，从自然界的秋天最有代表性的景物写起，太阳、月亮、天空、流水。"亮""明"两个字眼和"更高""最清"两个词组，分别抓住了秋日、秋月、秋天、秋水的实质与关键，笔墨精到而传神。继而写秋天的小动物鸟、虫们的可爱。鸟，鸣声婉转是歌唱家；虫，叫声唧唧是琴师。读之，如闻其声如见其物。再写田野写农家，"田野上一片金黄，/阴天里也有阳光。"后一句一语双关，饱含哲理，耐人寻味。而"没有花也自芬芳"，稻香瓜香胜过花香，农家丰收的喜悦溢出诗行！接下来写塞北写江南，写高山写平原，两节诗中分别含有对偶句，语带豪情，振奋人心。秋的后面是冬！紧接着作者顺理成章而又直言不讳地道出大自然的客观规律："穿过雪地冰天，/又是红花绿柳。"两个句子承上启下，让人欢欣鼓舞，叫人产生联想……诗的最后，作者用一个漂亮精彩、恰到好处的小节结尾，四句诗宛如唐人的七言绝句，铿锵悦耳，韵味无尽，使全诗升华到一个新的境界。读者读到这里，眼睛为之一亮，精神为之一振，直如登楼送目而心胸开阔、意兴飞扬！

戈壁舟的诗以清新、质朴、自然，具有民族风格和气派著称。他深入生活勤于思考，注意吸收民歌和古典诗词的营养，并且不断地进行诗艺探索，从而写出一首首好的和比较好的让读者喜闻乐见、深受鼓舞的作品。

闻捷、袁鹰的诗集《花环》

闻捷是我国当代的著名诗人,袁鹰也是,而且是散文大家和资深编辑。1963年,他们应邀访问了巴基斯坦,受到巴基斯坦作家和巴基斯坦人民的热情接待。在一个多月的旅途中,他俩访问了巴基斯坦的一些主要城市、山区、海湾和名胜古迹,一边访问一边吟咏,回国时带回一卷抒情诗集《花环——访问巴基斯坦诗草》,作家出版社1963年11月出版。

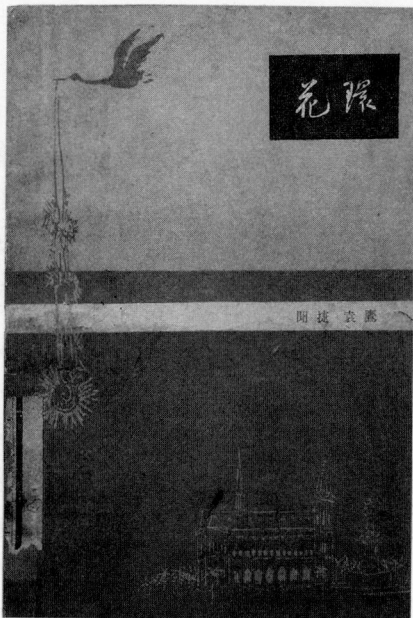

《花环》是一卷意美情真、字字珠玑的好诗,是20世纪60年代我国新诗国际题材领域里的重要收获,是同类出访作品中最有艺术魅力最耐人咀嚼回味的文学精品,尽管它是一本小小的薄薄的册子。

打开这本诗集,首先看到的是《序曲》:

你们采摘心田的玫瑰,

编织迎接客人的花环，
双手捧起彩色和芳香，
将友谊挂满我们胸前。

我们倾注心坎的清泉，
抒写这卷短小的诗篇，
答谢主人的深沉情意，
纯洁有如冰山的雪莲。

      ——写于巴基斯坦

看看，写得多有情味！诗句朴素而亲切，一开始就紧紧抓住了读者。再看第一首《观海》：

阿拉伯海湾微波粼粼，
你说素馨兰开满胸中；
我说这是友谊的花朵，
它比素馨兰清香十分。

阿拉伯海湾鸥鸟嘤嘤，
我说这是动人的歌声；
你说鸥鸟爱成群飞舞，
象征着兄弟永不离分。

阿拉伯海湾白帆隐隐，
你说船队在乘风行进；
我说这是海洋的祝愿，
中巴人民的前程似锦。

阿拉伯海湾长浪滚滚，

我说这是大海的潮音；

你说潮音在殷勤传话，

日夜欢呼卡拉奇北京。

　　　——写于卡拉奇

四节十六行诗像绵绵情话，中巴作家欢聚在海滨，彼此倾吐心曲。再看《夜宴》：

北京宫灯长沙绣，

为什么今夜这般妩媚？

岭南果汁西湖茶，

为什么今夜这般有味？

中国使馆的大厅，

处处是欢笑接着碰杯；

芬芳四溢的醇酒，

时间愈久啊愈是珍贵。

卡拉奇初次相逢，

就预言在北京重会；

临别时翘望天上，

一轮明月正吐着清晖。

　　　——写于卡拉奇

气氛多么友好、热烈，让人身临其境，感受到中巴友谊的深厚！《叮咛》记一位巴基斯坦老翁和中国诗人晤谈，同样写得亲切感人：

白发苍苍的长者，

颤巍巍走出家门，

迎接中国的来客，

笑盈盈满面春风。

长者慈祥地低语，
问候中国的巨人，
说是满天的星斗，
唯有启明星最明——

他带来万丈曙光，
他带来万朵彩云，
他带来无穷力量，
他带来无限信心。

白发苍苍的长者，
向我们再三叮咛：
请把一万个祝福，
捎回遥远的北京！
　　　　——写于吉大港
再看《喷泉》一诗，写得多美：
拉哈尔什么最多？
拉哈尔的喷泉最多——
喷向湛蓝的天空，
落下银白的花朵。

拉哈尔什么最好？
拉哈尔的喷泉最好——
映着七彩的阳光，
化成弧形的虹桥。

拉哈尔什么最美?

拉哈尔的喷泉最美——

酿成蜜似的甜酒,

喝一口就会沉醉。

拉哈尔什么最清?

拉哈尔的喷泉最清——

捧出莹莹的镜子,

留住游人的姿影。

　　　　——写于拉哈尔

《水乡》一诗同样引人入胜:

一样的莲塘一样的树,

一样的稻田一样的花,

一样的满江帆影,

一样的漫天晚霞。

水乡风物好亲切,

旅途如同回到家。

今朝在东巴忆苏州,

来日到江南念达卡。

　　　　——写于达卡

　　20世纪60年代的巴基斯坦,其国土分为西巴和东巴两大部分。东巴后来从巴基斯坦分离出去,改称孟加拉国。《小舟》一诗则反映出东巴海港居民的辛勤劳作与生活现状:

船头尖尖微翘,

长桨沉沉摇起,

一船儿来,

一船儿去，
从不知休息。

挑来担担黄麻，
背走筐筐白米，
一年汗水，
一家生计，
出入风波里。

   ——写于吉大港

好诗太多，举不胜举！请看诗集的《尾声》：

我们漫游了巴基斯坦，
度过一个难忘的秋天，
难忘高山流水的知音，
难忘朋友赠给的花环。

愿这卷短诗插上双翼，
凌空飞过帕米尔高原，
传达我们心底的歌声，
今天明天一直到永远。

   ——写于北京

是的，两位诗人谱写的中巴友谊之歌，永远在中国人民和巴基斯坦人民的心间回响！

曾卓的诗《我遥望……》

　　曾卓是一位有着独立人格和特别风格的诗人。他饱受时代与生活的磨难而不屈不挠，始终保持着一颗诗心顽强地歌唱。"曾卓的诗，一向以思想敏锐、文笔潇洒、形象鲜明见称。"（罗洛语）因而受到读者的推崇和诗坛的关注。我是从人民文学出版社1981年出版的多人创作的诗选集《白色花》中认识了这位诗人，并开始接触他的诗。尽管我读的不多，但印象颇深。比如《呵，有一只鹰……》《有赠》《悬岩边的树》等。

　　《老水手的歌》是曾卓1983年出版的有代表性的一部诗集。集子里有一首短歌《我遥望……》写得很有情味。上了年纪的人，特别是六七十岁的老人们读它，容易产生共鸣，发出相同的感慨。全诗两节八句：

　　　当我年轻的时候

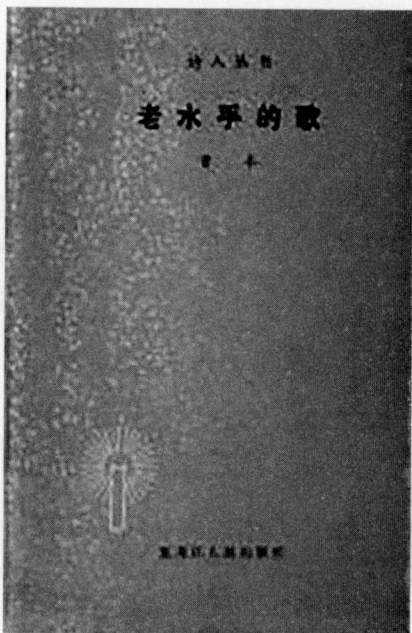

在生活的海洋中，偶尔抬头

遥望六十岁，像遥望

一个远在异国的港口

经历了狂风暴雨，惊涛骇浪

而今我到达了。不时回头

遥望我年轻的时候，像遥望

迷失在烟雾中的故乡

作者在诗后标明："写于1981年3月"，这一年诗人刚好60岁，可以说此诗是诗人的自白。世上有各种各样的自白诗——其中很大一部分严格地说不能叫作诗，但曾卓的这首《我遥望……》称得上是一首真正的言简意赅形象生动的自白诗，值得人一读再读，反复玩味。在诗中，作者把自己青年时期与老年时期的不同心情做了对照，比喻形象贴切，饶有意趣。其实，大千世界，芸芸众生，每个人都在生活的海洋上航行，都有难忘的曲折的经历。遥望人生的未来，或者遥望人生的过去，也就是回首当年，都会情思悠悠，感慨多多。"远在异国的港口"与"迷失在烟雾中的故乡"，则叫人想得很多很远……

叶文福的诗《家乡的河》

2014年4月的一天，我在武汉市中山公园附近的地铁入口处，见到一个灯光闪亮的大广告牌，牌子顶上写着"2013 第二届公共空间诗歌"，下面是叶文福的抒情诗《家乡的河（节选）》。顺便说一下，该地铁走廊通道里还竖立有几块刊登第二届公共空间诗歌入选作品的广告牌，只是没有叶文福的诗醒目。我因为许久没有读到叶先生的新作了，不禁眼前一亮！随即默读起来——这是一首叫人怦然心动过目不忘的好诗！好记性不如烂笔头，我赶紧想办法找来纸和笔，把这首诗连同标点抄了下来。看到诗题后面加了括号，括号里注明"节选"，我意犹未尽，产生一种愿望，能看到未节选的原诗该有多好！但诗海茫茫，怎样才能见到叶先生的原作呢？

事很凑巧，没过多久，我邮购到诗人叶文福的新著《收割自己的光芒》，这是深圳报业集团出版社2010年出版的叶的第一本散文集。

该书第一辑就名之为"家乡的河",该辑第八篇的散文《家乡的河》则是文章本身,该文章很长,有25页,其开头写有六节三十行诗,临近结尾又写有两节十行诗!这八节四十行诗想必就是《家乡的河》一诗的原创了——更确切些说,是全国"第二届公共空间诗歌"编辑部或曰评委会,从叶先生的长篇同题散文(文中有诗)中节选了四节二十行诗,并命题为《家乡的河(节选)》。

此诗的"原创"与"节选"各有千秋。我个人感佩的是"节选"水平之高,可以说是精华荟萃。"节选"让叶先生的一篇美文变成一文一诗!下面让我们来欣赏节选的《家乡的河》:

你在我身上流淌
你在我脸上活泼
我是你的万里江山
你是我的长江、黄河
——哦,家乡的河……

你在我的记忆里活泼
你在我的记忆里沉默
有一个地方,是你歇息的深潭
只有我晓得,那是我心窝
——哦,家乡的河……

你流成我的泪水
你流成我的脉搏
我一生流的泪,其实是你的春水
我一生流的血,其实是你的秋波
——哦,家乡的河……

> 这世界，我只不过是个过客
>
> 有没有我，生活每天照样生活
>
> 可是，这世界要是没有了你
>
> 子子孙孙，这日子，该怎么过
>
> ——哦，家乡的河……

"美不美，家乡水；亲不亲，故乡人。"一提到家乡的河，每个人都会感到亲切、熟悉，都会产生依恋不已抑或无限怀念的思绪。作为诗歌爱好者包括诗人，家乡的河更是吟咏歌唱的永恒的主题，一见到它或者一说到它，胸中都要涌起汩汩的诗情！但像叶诗写得这么大气这么给力这么深刻，还很鲜见！没有对家乡山水刻骨铭心的爱，不是大手笔的歌咏与锤炼，想写好《家乡的河》一诗，谈何容易！我特别欣赏此诗的第三节，尤其是"我一生流的泪，其实是你的春水／我一生流的血，其实是你的秋波"两行诗！新颖别致，前所未有；意境邈远，耐人咀嚼。还有第一节的"我是你的万里江山／你是我的长江、黄河"等诗句，形象贴切地说明了家乡人或曰故乡人与家乡的河的不可分割的密切关系。而第四节最后三行诗简直是警句！读之令人扪心自问：为爱护保全家乡的河——母亲河，我们每个人该做些什么……

叶文福是广大读者也是我尊敬的当代诗人。他写过许多振聋发聩鼓舞人心的好诗，包括他的抒情诗代表作《将军，不能这样做》和这首《家乡的河》。我个人还特别偏爱他的另外一首抒情长诗《我不是诗人》，此诗曾刊发于1981年第2期《诗刊》。

辑
二

文
味

《论语》里的"子曰"

学生时代读《论语》,我
对书中的孔子语录即"子
曰"最感兴趣。那时,多有警
句格言劝勉、鞭策读书人,
动辄"子曰啥啥啥"或者"诗
云什么什么",可见孔子的
话在读书界乃至思想界具
有很大的权威性。于是,我
等中学生们便下功夫去啃
去背《论语》里的"子曰",虽
然大部分是似懂非懂。

多少年后我重读《论
语》,还是觉得此书的精华
在"子曰"。你看,第一篇《学
而》首章便是:

子曰:学而时习之,不亦说乎?有朋自远方来,不亦乐乎?人不知
而不愠,不亦君子乎?

接连三个"不亦……乎"?不正是读书人所追求所要达到的精神
境界吗?

再如第二篇《为政》第四章:

子曰:"吾十有五而志于学,三十而立,四十而不惑,五十而知天

命,六十而耳顺,七十而从心所欲,不逾矩。"

　　述说自己的人生经历,多么简洁明了;总结自己的人生体验与感悟,多么准确,又多么谦和!读此"子曰"的人会自然而然地联想到自己,从而受到启示和鼓舞。再看第五篇《公冶长》第二十六章:

　　颜渊、季路侍。子曰:"盍各言尔志?"子路曰:"愿车马衣轻裘,与朋友共,敝之而无憾。"颜渊曰:"愿无伐善,无施劳。"子路曰:"愿闻子之志。"子曰:"老者安之,朋友信之,少者怀之。"

　　记述孔子和他的两个弟子子路与颜渊关于个人志愿的对话。师徒三人之间,心地坦诚,出言无忌,有啥说啥。子路说他愿有车马乘坐,有轻暖的皮衣穿,而且拿出来和朋友共同享用,用破了也不抱怨。颜渊的志愿是为人要谦厚,不夸耀自己的长处,不把劳苦的工作强加给别人。孔子的志愿则体现了他一贯的"仁爱"思想:敬养老年人,信任朋友们,照顾少年人。

　　《论语》里的"子曰",尤其是其中的许多短语,言简意赅,旨义高远。今天读起来,还让人感到津津有味并浮想联翩。

陶渊明的《归去来兮辞》

一部《陶渊明集》，我读过多遍的是《归园田居》《移居》《饮酒》等诗篇和《桃花源记》《五柳先生传》《闲情赋》等文章。其中，《归去来兮辞》我最喜欢，直到现在还时时默诵它，从中获得精神上的再享受。

《归去来兮辞并序》是陶潜辞职弃官、归隐田园时的感慨之作。其"归去"的原因及时间，"序"中说得很清楚明白。作者用"辞"这种文体，直抒胸臆，极尽铺陈，并寓情于景，情景交融地写出一篇清新优美生动流畅的好文章，也可以说是一首好的散文诗。它给沉闷的魏晋文坛带来一股怡人的风，继而对后世文章产生深远的影响。北宋大文豪欧阳修曾给予很高的评价："晋无文章，唯陶渊明《归去来兮辞》而已。"

这篇文章有几层意思，层层推进，一步步引人入胜：

归去来兮！田园将芜胡不归！既自以心为形役，奚惆怅而独悲！

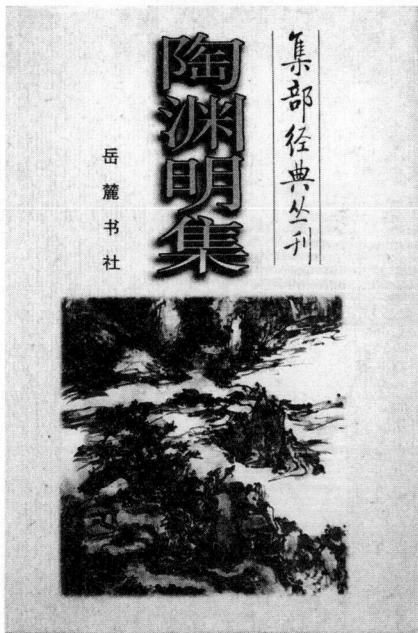

悟已往之不谏,知来者之可追。实迷途其未远,觉今是而昨非。

作者以"回去吧"的感叹句开头,诉说自己的心路历程,即自恕自遣;因已决计归去,所以有欣然自得的意味。

舟遥遥以轻飏,风飘飘而吹衣。问征夫以前路,恨晨光之熹微。乃瞻衡宇,载欣载奔。童仆欢迎,稚子候门。三径就荒,松菊犹存。携幼入室,有酒盈樽。……

记叙作者的归途,从乘舟、上路、奔跑到回到家中,极写归来之乐。再有景有情轻松愉快地写自己又过上隐居生活。继而写生活中的乐趣,特别是在景色宜人的田园里耕种:

悦亲戚之情话,乐琴书以消忧。农人告余以春及,将有事于西畴。……

作者娓娓道来,率真、亲切之至! 人说"回家的心情总是好的",况且诗人不是一般意义上的回家归田,而是因看不惯官场的黑暗腐败,更不愿"为五斗米折腰,拳拳事乡里小人",而愤然离职辞官归去,也就是离开体制,彻底地与统治阶级决裂! 与大自然与农民朋友们亲近!

……怀良辰以孤往,或植杖而耘耔。登东皋以舒啸,临清流而赋诗。聊乘化以归尽,乐夫天命复奚疑?

结尾再次描述作者归田农耕和放歌吟哦生活的情景与乐趣,强调其归来心安理得。总之,全文情真词切,如山间溪水活泼轻快潺潺流响,使读者产生共鸣,并分享作者的喜悦。

陶渊明在写出本文也就是辞官归隐的第二年, 写了一个组诗《归园田居》共五首五言诗,再次表达他"少无适俗韵,性本爱丘山""久在樊笼里,复得返自然"的欣喜。可以说,《归园田居》是"归去来兮"诗的抒情,本篇则是"归去来兮"文章的反映。

王勃的骈文《滕王阁序》

历代文学家们写的骈文不可胜数,其佼佼者首推初唐诗人王勃写的《滕王阁序》(见人民教育出版社出版的《古代散文选》中册第6—8页)。千百年来,《滕王阁序》一直受到读者的喜爱与赞赏。

王勃是"初唐四杰"之一,著名诗人兼骈文家。唐初诗文沿袭六朝余绪,繁词丽藻,但内容贫乏,更无思想意义。王勃等人,努力改变这种文风并初步取得一些成果,尽管时人和后人中有人不理解甚至于讥笑。大诗人杜甫曾为此做出很高的十分恰切的评价,赋诗赞曰:"王、杨、卢、骆当时体,轻薄为文哂未休。尔曹身与名俱灭,不废江河万古流。"

王勃自幼聪慧过人,据说六岁就写出漂亮文章。他十四岁时经人推荐当殿对策,授任为朝散郎。他二十六岁(一说十四岁)时去交趾(地名,在现在的越南北部)省父即看望父亲,路过南昌时,恰逢都

督阎公在滕王阁大宴宾客,席上,要求每人赋诗一首,以纪其盛。王勃一时豪情喷涌,率先吟出《滕王阁》"四韵"七言律诗并写出序文即《滕王阁序》。这件事的经过也是我国古代很有名的一个文学故事,《唐摭言》卷五里有较详细的记载:"王勃著《滕王阁序》时年十四。都督阎公不之信。勃虽在座,而阎公意属子婿孟学士者为之,已宿构矣。及以纸笔巡让宾客,勃不辞让。公大怒,拂衣而起,专令人伺其下笔。第一报云'南昌故郡,洪都新府',公曰:'是亦老生常谈。'又报云'星分翼轸,地接衡庐',公闻之,沉吟不言。又云'落霞与孤鹜齐飞,秋水共长天一色',公矍然而起,曰:'此真天才,当垂不朽矣!'遂亟请宴所,极欢而罢。"

《滕王阁序》是骈体文,骈文讲求对仗和声律,讲究用典和藻饰。这篇文章堪称骈文的典范。作者用生花妙笔,先概说再具体地由洪州的地理到物产到人才,再到宴会到赴宴的自己:

> 南昌故郡,洪都新府。星分翼轸,地接衡庐。襟三江而带五湖,控蛮荆而引瓯越。物华天宝,龙光射牛斗之墟;人杰地灵,徐孺下陈蕃之榻。雄州雾列,俊彩星驰。台隍枕夷夏之交,宾主尽东南之美。都督阎公之雅望,棨戟遥临;宇文新州之懿范,襜帷暂驻。十旬休暇,胜友如云;千里逢迎,高朋满座。腾蛟起凤,孟学士之词宗;紫电清霜,王将军之武库。家君作宰,路出名区;童子何知,躬逢胜饯。

接下来作者写秋景,写自己来到滕王阁,并用下面的文字写滕王阁的富丽雄伟和阁上纵目所见:

> 层峦耸翠,上出重霄;飞阁流丹,下临无地。鹤汀凫渚,穷岛屿之萦回。桂殿兰宫,列冈峦之体势。披绣闼,俯雕甍,山原旷其盈视,川泽盱其骇瞩。闾阎扑地,钟鸣鼎食之家;舸舰弥津,青雀黄龙之轴。虹销雨霁,彩彻区明。落霞与孤鹜齐飞,秋水共长天一色。渔舟唱晚,响穷彭蠡之滨;雁阵惊寒,声断衡阳之浦。

作者再具体细腻地写宴会盛况,从赴宴的人想到人生遇合,并

由怀才不遇写到自勉。洋洋洒洒两大段文字,妙语连珠不时涌现。紧接着,作者写到自己:

> 勃三尺微命,一介书生。无路请缨,等终军之弱冠;有怀投笔,慕宗悫之长风。舍簪笏于百龄,奉晨昏于万里。非谢家之宝树,接孟氏之芳邻。他日趋庭,叨陪鲤对;今朝捧袂,喜托龙门。杨意不逢,抚凌云而自惜;钟期既遇,奏流水以何惭?

简述自己的遭遇,说明路过滕王阁时躬逢盛宴,又遇到知音阎公,愿意在宴会上作文赋诗。最后作者以年少居末座,同众多宾客赋诗唱和,并用谦辞结束全文:

> ……临别赠言,幸承恩于伟饯;登高作赋,是所望于群公。敢竭鄙诚,恭疏短引,一言均赋,四韵俱成。请洒潘江,各倾陆海云尔。

王勃是文章大家,他在《滕王阁序》里用了不少典故,且都用得恰当,并能衬托主题。除了文章生动语言华美音调抑扬顿挫,让人乐于诵读外,篇中还有不少精辟之句,一直为人们称道和传诵。比如:"天高地迥,觉宇宙之无穷;兴尽悲来,识盈虚之有数""老当益壮,宁移白首之心? 穷且益坚,不坠青云之志"等,至于"落霞与孤鹜齐飞,秋水共长天一色"。更是传颂千古的描写秋景的绝唱。

大约是在1964年暑假,我父亲去县城办事,到书店给我买了几本书,其中有《古代散文选》(中册)。该书第二篇文章便是王勃的《滕王阁序》。我少年时读它,爱其辞藻华丽文采斐然。我中年读它,痛惜于作者"时运不齐,命途多舛"。我老年再读它,倍感于人才的难得,人才的可贵。

范仲淹的绝唱《岳阳楼记》

宋代政治家兼文学家范仲淹的《岳阳楼记》是古代散文中思想性最强的一篇。他提出的"先天下之忧而忧,后天下之乐而乐",闪耀着永不熄灭的思想的光芒,成为教育和砥砺一代代仁人志士"以天下为己任""吃苦在前,享受在后"的至理名言。

作为文章,《岳阳楼记》同样可圈可点,同样魅力四射。全篇有纪事,有写景,有抒情,有议论,并且是条理清楚,层次分明。由于作者剪裁精妙得当,用语准确生动,使得文章中心突出,短小精悍,具有振聋发聩鼓舞人心的力量。

题为《岳阳楼记》,但作者记的并不多。只在文章的开头一段,记叙重修岳阳楼的经过和自己作记的缘由:

庆历四年春,滕子京谪守巴陵郡。越明年,政通人和,百废俱兴。乃重修岳阳楼,增其旧制,刻唐贤今人诗赋于其上,属予作文以

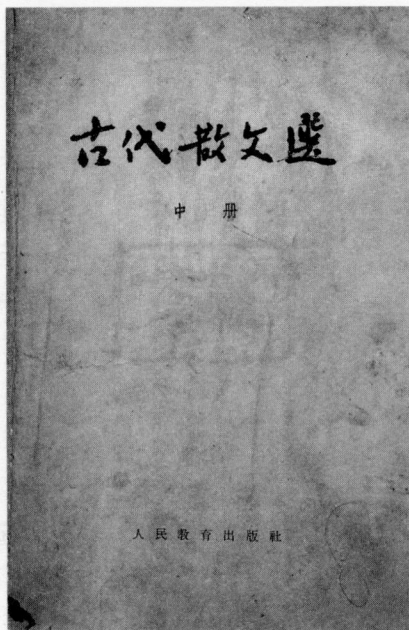

记之。

作者接着把自己对"巴陵胜状"的看法和盘托出,然后撇开岳阳楼的壮观,提出登楼者览物之情有所不同:

予观夫巴陵胜状,在洞庭一湖。衔远山,吞长江,浩浩汤汤,横无际涯;朝晖夕阴,气象万千。此则岳阳楼之大观也。前人之述备矣。然则北通巫峡,南极潇湘,迁客骚人,多会于此,览物之情,得无异乎?

巴陵包括岳阳楼地处交通要道,南来北往路过此地的迁客骚人很多,而"气蒸云梦泽,波撼岳阳城"的洞庭湖,因天气和季节的变化呈现出不同的景象,故登岳阳楼观赏景物的人会产生各种各样的情绪。作者在文章里举出两种迥异的自然景观使得登楼览胜者产生截然不同的心情的例子,一种是:

若夫淫雨霏霏,连月不开,阴风怒号,浊浪排空,日星隐耀,山岳潜形;商旅不行,樯倾楫摧;薄暮冥冥,虎啸猿啼。登斯楼也,则有去国还乡,忧谗畏讥,满目萧然,感极而悲者矣。

另一种是:

至若春和景明,波澜不惊,上下天光,一碧万顷;沙鸥翔集,锦鳞游泳;岸芷汀兰,郁郁青青。而或长烟一空,皓月千里,浮光跃金,静影沉璧;渔歌互答,此乐何极!登斯楼也,则有心旷神怡,宠辱偕忘,把酒临风,其喜洋洋者矣。

前一种是览物而悲者,后一种是览物而喜者。两种心情看起来不同,实质上一样,无非是只关心个人的得失。除此之外,是不是还有人不是这样?有!作者自然而然地引出下文,亮明自己的观点:

嗟夫!予尝求古仁人之心,或异二者之为,何哉?不以物喜,不以己悲;居庙堂之高则忧其民,处江湖之远则忧其君。是进亦忧,退亦忧。然则何时而乐耶?其必曰先天下之忧而忧,后天下之乐而乐乎?噫,微斯人,吾谁与归!时六年九月十五日。

作者赞扬古仁人"不以物喜,不以己悲"的襟怀,指明其原因是他们"先天下之忧而忧,后天下之乐而乐",而这就是作者自己坚定不移的思想和信念,也是写作本文所要表达的中心意思。特别难能可贵的是,作者写这篇《岳阳楼记》的前一年,被罢免参知政事,也成了谪守地方郡的"迁客"。但作者能以此自勉自励,包括勉励滕子京等朋友。

《岳阳楼记》写于1046年,到现在已有900多年。从宋、元、明、清到近现代印行的古文选本,再到当代出版的各种古代散文选集以及大、中学语文教科书,都收录有这篇文章,可见其流传之广影响之大!我们今天读《岳阳楼记》,仍能感受到范公当年写它时的勃勃激情和浩浩胸襟!它永远鼓舞着中华民族历代志士仁人心怀天下,勇于担当,吃苦耐劳,造福于民!

欧阳修的名作《醉翁亭记》

欧阳修是北宋政治家和文坛领袖,在文学上他以大力提倡并积极参与诗文革新运动和揄扬提拔王安石、曾巩、苏轼、苏辙等后辈而名重当时与后世。我从少年时期开始,陆续在语文课本与古典文学作品选读上读到欧阳公的一些诗文。去年,我有幸邮购到一套北京中国书店出版的《欧阳修全集》,仅翻阅该书之二三篇章,就发现欧阳修不但擅长于散文和诗词,其骈文、史传、文学批评等也都有很高的成就。欧阳修的文章以平易自然、清丽婉转著称,他的散文特点是文字简练、感情充沛、韵味悠长。下面以他的名篇《醉翁亭记》为例,这篇文章虽然短,只有400多字,但写得清新流畅颇有情趣,堪称文情并茂的名篇佳作。

作者因为支持和参与以范仲淹为代表的政治革命派与保守派作斗争,被贬到滁州做太守。第二年,他写了这篇散文,描述了醉翁

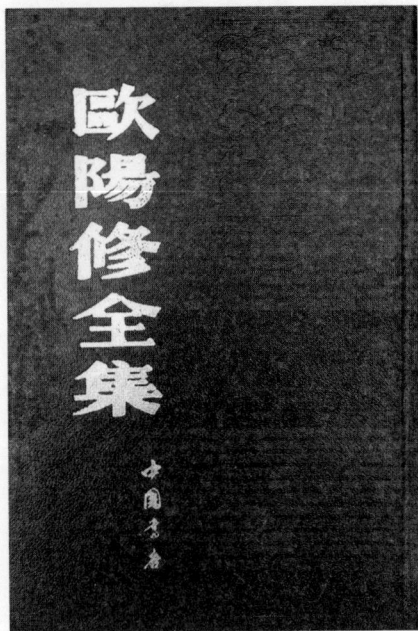

亭四周的风光景致,抒写了他寄情山水与民同乐的情怀。文章开头
一段简介滁州琅琊山酿泉上有座醉翁亭,并对亭的建造者与名字的
由来做了说明:

> 环滁皆山也。其西南诸峰,林壑尤美。望之蔚然而深秀者,琅琊
> 也。山行六七里,渐闻水声潺潺而泻于两峰之间者,酿泉也。峰回路
> 转,有亭翼然临于泉上者,醉翁亭也。作亭者谁?山之僧智仙也。名
> 之者谁?太守自谓也。太守与客来饮于此,饮少辄醉,而年又最高,故
> 自号曰醉翁也。醉翁之意不在酒,在乎山水之间也。山水之乐,得之
> 心而寓之酒也。

文章中的"山水之乐",既是下文的重要伏笔,也是贯穿全篇的
一条主线。紧接着,作者具体细腻地写山水,说明山间朝暮与四时之
景虽然各不相同,但都让人乐此不疲地登山临水并陶然自得:

> 若夫日出而林霏开,云归而岩穴暝,晦明变化者,山间之朝暮
> 也。野芳发而幽香,佳木秀而繁阴,风霜高洁,水落而石出者,山间之
> 四时也。朝而往,暮而归,四时之景不同,而乐亦无穷也。

由山水之乐引出山中游人之多和亭中的宴饮之乐。接下来的一
段文字把山民生活情状和欢乐祥和特别是太守与民同乐"饮少辄
醉"的憨态表现得淋漓尽致:

> 至于负者歌于途,行者休于树,前者呼,后者应,伛偻提携,往来
> 而不绝者,滁人游也。临溪而渔,溪深而鱼肥,酿泉为酒,泉香而酒
> 冽;山肴野蔌,杂然而前陈者,太守宴也。宴酣之乐,非丝非竹;射中
> 者,弈者胜,觥筹交错,起坐而喧哗者,众宾欢也。苍颜白发,颓然乎
> 其间者,太守醉也。

画面是轻松愉快的,人物又都是形象鲜明的,情景交融在一起,
让人为之神往。作者在最后一段抒写了他从醉翁亭畅游归来的愉快
心情,并用其籍贯姓名作为结束语,使得文章语已尽而意无穷:

> 已而夕阳在山,人影散乱,太守归而宾客从也。树林阴翳,鸣声

上下，游人去而禽鸟乐也。然而禽鸟知山林之乐，而不知人之乐；人知从太守游而乐，而不知太守之乐其乐也。醉能同其乐，醒能述以文者，太守也。太守谓谁？庐陵欧阳修也。

欧阳修是文章圣手，写作技巧非常高超。他的散文构思精巧，行文有致，连所用虚词都能恰到好处，为文章增色。在《醉翁亭记》中，作者对"也"这个虚词和"也"字结尾的句式的连续运用，体现了他的艺术匠心和独创性。全文共用了二十一个"也"字，不但不使人感到重复、累赘，反而觉得活泼有趣。语言的清丽隽永与声调的谐和节奏，让本文朗朗上口，具有低回婉转一唱三叹的韵致。

前人喜拿韩愈与欧阳修做比较，说韩文有如波澜壮阔的长江大河，欧文则如澄净潋滟的陂塘曲水。是的，韩文滔滔雄辩，欧文娓娓而谈；韩文痛快淋漓，欧文含蓄委婉。《醉翁亭记》就体现出这一特征，文章又写得洒脱流利而欢畅，就像王安石评价欧公文章所形容的那样："快如轻车骏马之奔驰"，给人以轻松俊爽、余味无穷的感觉。我个人觉得读欧公《醉翁亭记》等文章，读时很舒畅，读后很惬意，而每读一遍，都是一种精神享受。

苏轼的美文《赤壁赋》

我少年时读书,对"古诗之流也"(班固语)的"赋"颇感兴趣,借来的一本《汉魏六朝赋选》,被我囫囵吞枣,强行读完。后来有机会读唐宋名家写的赋,才读出一些滋味。对苏轼的赋,我尤为关注、用心,以至于多少能背诵几篇。邮购到上海古籍出版社新出的校勘精良的《苏轼全集》时,我喜不自禁,急不可耐地翻阅摩挲新书,一翻竟翻到中册648页,这是我最为欣赏念念不忘的《赤壁赋》!

《赤壁赋》又叫《前赤壁赋》,因为苏轼写了两篇游赤壁的赋,并且把第二篇赋名之为《后赤壁赋》。众所周知,苏轼是宋代也是中国历史上少有的全才,顶级的文学家艺术家。他不仅诗词歌赋散文论文等都写得好,无人能及,而且在书法与绘画等艺术领域也有很高的造诣。人们都盛赞苏轼对唐朝诗人王维作品的评价"诗中有画,画中有诗"恰如其分,其实用在苏轼自己身上也很合适。我们从他的

《赤壁赋》里就可以看出赋中有画,而且画意很美,韵味很浓。

且看文章开头一段:

> 壬戌之秋,七月既望,苏子与客泛舟游于赤壁之下。清风徐来,水波不兴。举酒属客,诵明月之诗,歌窈窕之章。少焉,月出于东山之上,徘徊于斗牛之间。白露横江,水光接天。纵一苇之所如,凌万顷之茫然。浩浩乎如冯虚御风而不知其所止,飘飘乎如遗世独立羽化而登仙。

不同于汉赋的遣词造句,作者是用散文加韵文包括骈偶来写这篇赋,文笔生动而雅致。作者即景生情又情融于景,描述出游赤壁的时间和见到的风光美景,使读的人像跟随苏子及其客人月夜泛舟于赤壁下,置身于那水色天光月华姣美的画境之中。接下来,作者写舟中客主畅饮及客人们的表现:

> 于是饮酒乐甚,扣舷而歌之。歌曰:"桂棹兮兰桨,击空明兮溯流光。渺渺兮予怀,望美人兮天一方。"客有吹洞箫者,依歌而和之。其声呜呜然,如怨,如慕,如泣,如诉;余音袅袅,不绝如缕;舞幽壑之潜蛟,泣孤舟之嫠妇。

客人悲凄的箫声,让主人苏子变色并产生疑问:

> 苏子愀然,正襟危坐而问客曰:"何为其然也?"

客人回答说:从今晚赤壁的月夜联想到当年曹孟德的诗句,想到赤壁之战,进而想到"吾与子"人生之短促,个人之渺小,因此感伤不已——诉诸了一大段文字。听完客人所言,主人也就是文章的作者由浅入深地安抚客人,也说出了一番饶有诗意与哲理的乐观进取的道理:

> 苏子曰:"客亦知夫水与月乎?逝者如斯,而未尝往也;盈虚者如彼,而卒莫消长也。盖将自其变者而观之,则天地曾不能以一瞬;自其不变者而观之,则物与我皆无尽也,而又何羡乎?且夫天地之间,物各有主。苟非吾之所有,虽一毫而莫取。惟江上之清风,与山间之

明月,耳得之而为声,目遇之而成色,取之无禁,用之不竭,是造物者之无尽藏也,而吾与子之所共适。"

主人的人生态度多么达观!一席话说得多有趣多感人!是的,清风明月不用买,古人今人所共有!船上的客人们如醍醐灌顶,茅塞顿开。客人们由点头称是到转悲为喜。于是,舟中出现了喜剧性的谐和而温馨的情景:

客喜而笑,洗盏更酌。肴核既尽,杯盘狼藉。相与枕藉乎舟中,不知东方之既白。

苏轼写这篇赋时,政治上失意被贬,郁郁不得志。但他胸怀坦荡心情豁达,依然保持着他同年二月在《江城子·定风波》词中所写的"一蓑烟雨任平生"的开朗、积极、超然的人生态度,并以此感染和影响到其他人乃至于读者。

古代文人的赋可谓多矣!但把一篇赋写得像《赤壁赋》这样诗情画意,这样旷达奔放,这样韵味十足,难乎其难!说苏轼的《赤壁赋》是古代抒情文中的极品,当之无愧。

《虞初新志》中的《核舟记》

《虞初新志》是一本文言小说集,清人张潮辑。所收多为明末清初类似于传奇的作品。编者意在"表彰轶事,传布奇文",所选虽多异谈,但也有不少反映社会现实的好作品。《核舟记》(作者魏学洢是明末散文家)就是一篇饶有趣味的纪实散文,它虽然只有四百多字,但简明真切地反映出明代我国工艺水平所达到的高度,它把一件玲珑雅致的微雕工艺品"核舟"活灵活现地展现在读者面前。

作者首先介绍木雕工艺大师王叔远的微雕艺术才能和赠送其作品"核舟"一事:

明有奇巧人曰王叔远,能以径寸之木,为宫室、器皿、人物,以至鸟兽、木石,罔不因势象形,各具情态。尝贻余核舟一,盖大苏泛赤壁云。

"核舟"是用桃核雕成的小船。这小船刻的是大文豪苏东坡泛舟

游赤壁的情景。这就深深地吸引住人乃至于好奇的读者。作者接着
介绍核舟的大小及其构造:

> 舟首尾长约八分有奇,高可二黍许。中轩敞者为舱,箬篷覆之。
> 旁开小窗,左右各四,共八扇。启窗而观,雕栏相望焉。闭之,则右刻
> "山高月小,水落石出",左刻"清风徐来,水波不兴",石青糁之。

体积如此小的核舟,结构却相当复杂,最奇妙的是舟里还刻有
一些人物和它物:

> 船头坐三人,中峨冠而多髯者为东坡,佛印居右,鲁直居左。苏、
> 黄共阅一手卷,东坡右手执卷端,左手抚鲁直背,鲁直左手执卷末,
> 右手指卷,如有所语。……

读完本段和下面的两段文字,读者不仅得知坐在船头上的三人
是苏东坡、黄庭坚和苏的朋友佛印和尚,看清他们各自的穿戴、坐
姿、眉目神情和手里拿的物品,还一一见到船尾上船桨左右各有一
位或倚木摸趾呼喊或执扇抚炉烹茶的船夫……以及船背上的题名、
篆章包括不同的色泽等,均惟妙惟肖历历可数。

作者在最后一段总结道:

> 通计一舟,为人五,为窗八,为箬篷,为楫,为炉,为壶,为手
> 卷,为念珠,各一;对联、题名并篆文,为字共三十有四。而计其长,
> 曾不盈寸,盖拣桃核修狭者为之。魏子详瞩既毕,诧曰:"嘻,技亦
> 灵怪矣哉!"

文章读完了,人们在欣赏、惊叹栩栩如生巧夺天工的核舟的同
时,会由衷地感谢作者为核舟作记!正是这篇小记连同收录它的《虞
初新志》一书的传世,才使今天的众多读者了解到三百多年前的明
末清初,我国微雕艺术里的木雕工艺品已经达到的高度水平。

梁启超笔下的《少年中国说》

近人梁启超的代表作《少年中国说》写于1900年。因清朝末年政治更加腐败,国力羸弱民不聊生,帝国主义列强讥笑中国为"老大帝国",梁启超站在爱国维新的立场上,驳斥了这一无耻谰言,说明中国是方兴未艾的少年中国,并生动地描述出未来的少年中国,表现出他要求祖国富强繁荣的强烈愿望和积极进取的奋斗精神。作者还大声疾呼,为改革派鼓劲,激励国民特别是青年人发愤图强革新现实,尽快把中国变成青春勃发万象更新的少年中国。

《少年中国说》的篇幅虽然长了点(见《中国历代散文选》下册第639—645页),但文章组织严密说理透彻语句雄健,富有极大的鼓动性,对推动当时的社会变革起到积极作用。所以在民国初年它就被选进国语课本,随后收入一些新文学选集,直到20世纪末人文社出版的《中华散文百年精华》。

作者在文章的开头一段写道:

日本人之称我中国也,一则曰老大帝国,再则曰老大帝国,是语也,盖袭译欧西人之言也。呜呼,我中国其果老大矣乎?梁启超曰:恶,是何言!是何言!吾心目中有一少年中国在。

"是何言"的意思就是"这是什么话",对帝国主义者的谰言予以痛斥!在比较了老年人与少年人的不同之处后,作者指出:"人固有之,国亦宜然。"作者用几段文字,从历史渊源和现实角度来叙述中国国情,时有精辟的论述:

夫古昔之中国者,虽有国之名,而未成国之形也。或为家族之国,或为酋长之国,或为诸侯封建之国,或为一王专制之国。……

且我中国畴昔岂尝有国家哉!不过有朝廷耳。我黄帝子孙,聚族而居,立于此地球之上者既数千年,而问其国之为何名,则无有也。夫所谓唐、虞、夏、商、周、秦、汉、魏、晋、宋、齐、梁、陈、隋、唐、宋、元、明、清者,则皆朝名耳。朝也者,一家之私产也。国也者,人民之公产也。……

梁任公说得对极了!古往今来,只有人民当家做主的国家,只有自由民主博爱的国家,才配称为国家!作者在紧接着的一大段文字论述的后面,也就是在最后一段写道:"梁启超曰:造成今日之老大中国者,则中国老朽之冤业也。制出将来之少年中国者,则中国少年之责任也。……"文章结尾处,作者满怀希望和激情地放声歌唱:

红日初升,其道大光;河出伏流,一泻汪洋;潜龙腾渊,鳞爪飞扬;乳虎啸谷,百兽震惶;鹰隼试翼,风尘吸张;奇花初胎,矞矞皇皇;干将发硎,有作其芒;天戴其苍,地履其黄;纵有千古,横有八方;前途似海,来日方长。美哉我少年中国,与天不老;壮哉我少年中国,与国无疆!

在新世纪的今天,喜看世界上民主潮流更加波澜壮阔,浩浩荡荡地冲击着极少数专制国家及其腐朽制度的污泥浊水。重读梁启超的《少年中国说》,不禁感慨系之而又信心百倍。

侯金镜的游记《漫游小五台》

侯金镜是我国当代著名的文学评论家。他除了长期担任《文艺报》副主编外，还写了许多文学评论文章，出版过《鼓噪集》等专著。他偶尔也写一点点散文，量少质优，以少胜多。

评论家写散文，与散文家与诗人与小说家写散文都不同。诗人写散文寻求诗的意境，小说家写散文力求"情节"丰富，散文家写散文追求"形散神不散"，评论家则是用理性的思考和严谨的笔墨来写景状物布局谋篇的。我们从侯金镜的游记散文《漫游小五台》里就可以看出这一特点。此文写于1959年5月，发表于《新观察》1959年10期，收入人民文学出版社编辑部初选、著名作家周立波终选的《散文特写选》（1959—1961）一书中。

小五台山在河北省涿鹿县，距离北京市约100公里。20世纪50年代末，此山尚未真正开发，山间小坡上只有一个孤零零的名叫唐音

寺的林场管理着山林和木材。山的主峰的神秘面目,山上极为丰富的土特产等,都有待人们包括作家去认识去发现。《漫游小五台》全文分四个部分,各有一个恰切的小标题。先是"远眺":

向往小五台山的心,是在一个偶然的情况下被牵挂住的。

作者以此句开篇,接着说明这个偶然的情况。之后写道:

……就在这一刹那,小五台峰顶那一抹银色的轻纱,就成了我和它建立感情的触媒。从此以后,心里就牵挂上小五台:能找到怎样的理由、得到什么机会,去揭开它头顶的轻纱,看看它的真面目呢?

继而是"神游":

去年并没有如愿,脑子却从此向小五台打开了,不管什么人谈到或是哪里记述到关于它的事情,都能清晰地留在记忆里。

作者顺势对小五台山的地理位置、气候、出产以及山脚下的人民公社一一做了具体的饶有兴味的介绍。之后,文章进入第三部分"峰回路转"的第一自然段:

向往小五台整一年了,今年,恰恰也是五月下旬才得到机会,爬到它的北台附近,了却这桩心愿。

按理说作者会接着具体地记述从京城出发前往小五台山脚下的经过,但高明的作者只字不提,而是另起一段,并以"艰苦的是最后一天路程,从赵家蓬到唐音寺林场的那六十里山谷。"一句开头。这一天确实行程不易,步履维艰,作者如实道来,有记叙,有描绘,有抒情,妙趣横生。作者在这一部分的末尾总结道:

这六十里路,从日出到日落,算上中午打尖休息,整整走了十二个小时。爬上了林场驻地的小坡,等好客的主人把小五台的主峰指给我的时候,太阳突然从山顶上沉下去,周围的山色就已经模糊不清了。

第四部分"密林一日",这一日作者一行爬山进入密林"遇险",直到看到小五台山从林海中伸出的头顶即主峰在望……然后抬着猎物返回林场。下面一段文字最为我称道和欣赏：

晚上的佳肴当然是清蒸魔子肉。但我吃得最上口的是主人为大家喝小米粥而准备的苦菜。吃法是一口苦菜一口粥。苦菜的确名副其实，涩苦得很，可是再喝一口稀饭就像加了少量的糖。苦菜和热的流质淀粉化合一起就发甜，弄不清是什么缘故。但是，苦尽甜来的滋味的确是经过舌上的味蕾感受到了。

写得多逗！多有情趣！实话实说之中道出作者将两种食物对比时的真切感受与欢愉。这就是散文中的"味"！叫人咀嚼、品品不已。

入夜，作者动情地畅想着唐音寺林场也就是小五台的美好未来，并用一个感叹句结尾：

苦菜稀饭那苦尽甜来的滋味，不正是唐音寺林场的明天的象征么！

文章读完了，读者仍觉得余味不尽。好一个质朴、隽永的《漫游小五台》！

叶君健的散文《桃子熟了》

写篇好散文不易，写篇以人物为主体的好散文尤难。因为其"人"容易被拔高，乃至于脱离客观实际；其"文"极易作秀以至于虚假，文字上留下斧凿的痕迹。很多年前读过《安徒生童话全集》的中译者、作家叶君健写的一篇记人散文《桃子熟了》，感觉不错；后来在旧书店里买到叶先生的散文集《两京散记》，又读到它，感觉越发良好。

文章是这样开头的：

下了几场雨，接着出了几个太阳，院子里那棵桃树上结的果实很快地就都熟了。……

作者接着用一个自然段实际上是一句话来说明丰收的情景：

而我们的这棵桃树又相当卖力，它一口气就结了一百多个。

读者读到这里，也许会说结的果实不算多呀，且慢！作者在下面一段叙述了桃树的来历和它刚刚进入结果期的情形：

它是四年前我们初搬进这个院子时种上的。那时院子很荒凉，

什么也没有。住在城外的刘伯伯送来一棵桃树秧——后来我们才知道它是他亲自用一根蜜桃的枝子在一个毛桃的根子上接成的。我们把它栽在院子偏西南的一个角落上。……因之今年它显得分外精力饱满,一开春就花枝招展,笑得像一个刚出嫁的村姑。

在以下两个自然段里,作者介绍了桃树开花后的管理情况特别是挂果之后出现的问题。文章很自然地让作品的主人公——一位栽培管理桃树经验非常丰富的60多岁的老园丁,也就是送这棵桃树的刘伯伯出场。接下来的内容是一次次请刘伯伯做技术指导,帮助解决问题。"桃树于是又变得茂盛起来,桃子也就很快地壮大了。到了七月末的时候,它们都成了满面红光的胖子。"成熟后的桃子太漂亮可爱了!但熟透了的桃子又该怎么处理?作者在文章里这样写道:

……把它拿来独自享受或欣赏,不仅有点太小气和自私,简直可以说是降低了它的身份和价值。经过一番商讨,最后我们决定把这些果实拿来送朋友。我们觉得,无论就它们的内容或形式言,这个办法是再恰当不过了。

当熟桃一触即落,置于起坐间的盘子里,来的客人也就是朋友们陆续前来品尝:邮递员同志,二十多年前的两个朋友,帮过忙的老同志,近时常来看病的大夫……作者满怀挚情地写道:

……这样一来,生活忽然变得热闹起来。从二十多年前的回忆一直到新近结成的友谊都在这桃子成熟的短短一周间集中地再现出来了。

作者笔下生花,将文章导入胜境:

桃子渐渐摘完了。但还有一只始终巴在枝上不愿意下来。甚至在立秋那天它还没有丝毫动摇的意思。相反地,它在继续壮大,几乎长得有饭碗那么粗。……这只桃子忽然在一个阳光充足的上午全部红了,眼看它随时都要落下来。说来也奇怪,在这种情形下,我们倒反而不敢摸它了,当然更舍不得吃掉它。……没有办法,我们又想起了那个老园丁刘伯伯。为什么老是在最后才想到这位老人呢？难道他不是我们的朋友吗？仔细检查一下，觉得自己的思想有问题。于是我们怀着惭愧的心情，赶紧打电话去请他。

刘伯伯被请来了，只见：

……他就欣然走到桃树下，轻轻地把手伸向桃子，桃子于是便自动地落到他的巴掌心里，好像是专门等他来摘下似的。他是一个不大讲客套的人。他把桃子放在袖口上擦了两下，就坐在院子中央的一个凳子上吃起来。他不仅会种桃子，而且还会欣赏桃子的滋味。他吃得非常痛快。看样子，他丝毫也没有怪我们请他太迟的意思；相反地，从他欣赏桃子滋味的表情看来，他倒似乎是在夸奖我们的种植技术呢——当然他没有想到这种技术完全是他传授给我们的。

写得具体而真切，文字朴素很有情味。细节描绘包括动作描写非常到位，使得人物形象鲜明且有个性。主人公刘伯伯在读者心里越来越高大。紧接着作者用下面一段文字结束全文：

看到他这种满足和赞许的神情，我们方才所感到的那种歉意的自责也就无形消散了。我们倒是从心眼里感到愉快，这种愉快可以说是我们从种桃子的劳动中所得到的最高的奖赏。

结尾恰到好处，使文章语已尽而意深远。作者这种让事情本身来说话，来表现主人公精神风貌的写法，很值得我们学习。

图文俱美的《希腊的神话和传说》

1978年暑假，我在帮学校购买教学仪器的出差途中，看到湖北省一家新华书店门口有读者排队买书。那些书都是近一两年重印的和原先库存很久的"文化大革命"前出版发行的文学读物包括外国文学作品。我排了一会队，买了好几本，其中有《希腊的神话和传说》一书。

让我惊喜的是，这套《希腊的神话和传说》竟然是插图本！书分上、下两册，内有11幅（页）彩色插画和99幅（页）黑白插图。这些插图、插画均出自外国名画家之手，非常漂亮，特别吸引人。一套非绘画的文学故事书，总共848页，就有110页画，这是我第一次见到的插图最多的文学名著！难怪当时排队的读者听说此书书中有画，争相购买，使书很快告罄。

顺便说一下，原版的外国文学读物，绝大多数都有插图或插画，而且多达几十幅百十幅乃至更多。可国内出版社出的中译本，又绝

大多数地去掉其画只剩文字,使插图本变成无图本。是减少印张调低书价? 还是图画不适合读者? 还是……叫人百思不得其解。

《希腊的神话和传说》不仅画多画美画味浓郁,而且文字精彩,使其神话和传说越发具有吸引力与感染力。请看该书第一个标题"普罗密修斯"的开头:

天和地被创造了,大海涨落于两岸之间。鱼在水里面嬉游。飞鸟在空中歌唱。大地上拥挤着动物。但还没有有灵魂可以支配周围世界的生物。这时有一个先觉者普罗米修斯,降落在大地上。他是宙斯所放逐的神祇的后裔,是地母该亚与乌剌诺斯所生的伊阿珀托斯的儿子。他机敏而睿智。他知道天神的种子隐藏在泥土里,所以他撮起一些泥土,用河水使它润湿,这样那样的捏塑着,使它成为神祇——世界之支配者的形象。为要给予泥土构成的人形以生命,他……

这样,最初的人类遂被创造,不久且充满远至各处的大地。……

如此神奇的内容与美妙文字,岂能不引发读者们浓厚的兴趣! 再加上图文并茂,熠熠生辉,所以许多人一捧起该书,就手不释卷地看,欣赏这扑朔迷离饶有兴味的《希腊的神话和传说》。

古老而新鲜的《伊索寓言》

寓言是世界上最古老的文学体裁之一，最初以口头文学在民间流传。伊索是公元前6世纪古希腊著名的寓言大师，奴隶出身的他，一生讲述了许多寓言故事，在古希腊和罗马等地流传开来。公元3世纪末，雅典的一位哲学家曾收集了近百个寓言，编成《伊索故事集成》一书，但后来失传。直到14世纪，拜占庭的一位僧侣普拉努得斯搜集并印行《伊索寓言》，随后不断有人增添其内容（书里遂收有他人作品）印行。16世纪，《伊索寓言》被介绍到中国，且版本多直到当代，我们才得以读到这部杰作。

除了人们早已熟知的《乌鸦和狐狸》《农夫和蛇》等警世作品外，《伊索寓言》对为人处事、交朋结友等方面都有涉及。许多作品富有现实意义，且在艺术上独具特色，令人心旷神怡。请看下面的四则寓言：

渔　夫

有个吹箫的渔夫，带着箫和网来到海边，站在一块突出的岩石上。他先吹箫，以为鱼听见美妙的音乐就会自动跳出来。他吹了好久，毫无结果，便放下箫，拿起网向水中撒去，却捕到了许多鱼。他把鱼从网里抓出来，扔到地上，看见鱼都欢蹦乱跳的，就对鱼们说："坏东西，我吹箫的时候，你们不肯跳舞，现在我不吹了，你们倒跳起舞来了。"

这故事适用于那些做事不合时宜的人。

天文学家

有个天文学家，每天晚上照例都到外面去观测星象。有一回，他来到城外，一心望着天空，不留神落在一口井里。他大声呼叫，有个过路人听见，走过来，问明原因，对他说："朋友，你用心观察天上的情况，却不看地上的事情。"

这故事适用于这样一种人：他们连人们认为是普通的事情都办不到，却拼命夸夸其谈。

行人和熊

两个朋友一起上路。他们遇见一只熊，一个人抢先爬上树，藏起来了，另一个人在快要被熊抓住的时候，倒在地上装死。熊走到他跟前，用鼻子闻了闻，他屏住呼吸。据说，熊从不碰尸体。熊走了以后，那人从树上下来，问这人，熊在他耳边说了什么，这人回答说："熊说以后千万不要和那种不能共患难的朋友同行。"

这故事是说，患难见知己。

孔雀和白鹤

孔雀瞧不起白鹤羽毛的颜色，讥笑白鹤说："我披金挂紫，你的羽毛却一点也不华丽。"白鹤回答说："我鸣叫于星际，飞翔于九霄，你却同公鸡与家禽为伍，在地上行走。"

这故事是说，穿戴朴素而有声誉，胜于自诩富有而默默无闻。

类似的饶有兴味富含哲理的寓言，在《伊索寓言》中比比皆是。——拜读、欣赏它们，可以妙语解颐，可以增长智慧。

被称为"人曲"的《十日谈》

公元13、14世纪，意大利产生两位杰出的作家，一是长诗《神曲》的作者但丁，一是故事《十日谈》的作者薄伽丘。相比于史诗般的巨著《神曲》，《十日谈》是一部短篇小说故事集，但它同样具有很高的文学价值，同样闪耀着夺目的人文主义思想的光芒。

"文艺复兴最早的代表人物，是号称人文主义先驱的彼特拉克和薄伽丘。"（前者提出以"人的思想"代替"神的思想"，被称为"人文主义之父"；后者批判宗教守旧思想，主张"幸福在人间"。）"《十日谈》点燃了欧洲文艺复兴的圣火。""《十日谈》是世界文学史上第一部现实主义的文学作品。"等论断和评价众口铄金。意大利著名的文学史家兼文艺批评家桑克提斯更将《十日谈》与《神曲》相提并论，称其为"人曲"。

一千多年以来，中世纪的欧洲包括意大利处于教会的严酷统治

之下。反对封建专制、拥护共和政体的薄伽丘,将批判的矛头直指天主教会与宗教神学,他毫不留情地揭开其内幕,让人文主义的灿烂阳光照进黑暗世界。《十日谈》展示出当时的意大利的广阔社会生活画面,描绘出形形色色的诸如贵族、骑士、僧侣、学者、农民、艺术家、手工业者等各具性格的人物形象,称作"人曲",十分确切。

此书从1348年欧洲发生的一场瘟疫蔓延到佛罗伦萨写起,三个男青年和七个女青年为了躲避可怕的黑死病而逃出城外,在一个乡间别墅里住了十天,每人每天讲一个故事作为消遣。他们一共讲了一百个故事,唱了十首歌,故名之为《十日谈》。故事多以爱情遭遇和聪明才智为主题,二者也常常结合在一起。作者巧妙地用框架结构,把故事串联起来,使之成为一个有机的整体。作品文笔简洁描摹生动语言俏皮,在心理刻画和性格塑造方面都有独到之处。关于写书的初衷,作者在《十日谈》的"原序"中谈到:"对不幸的人寄予同情,是一种德行。谁都应该具有这种德行。……尤其是那些曾经渴望同情、并且体味到同情的可贵的人。……多愁善感的女性最需要别人的安慰,……"

《十日谈》问世后很快被译成西欧各国文字,后来被介绍到其他地方的许多国家。它不仅"开欧洲近代短篇小说的先河","为意大利艺术散文的发展奠定了基础",而且在世界上产生广泛而深刻的影响。英国乔叟的《坎特伯雷故事》、法国纳瓦尔的《七日谈》均是模仿《十日谈》而作。法国拉封丹的故事诗,西班牙维加、英国莎士比亚、德国莱辛的一些剧本,都是以《十日谈》中的某些故事作为情节的基础。大诗人歌德、普希金的作品也引用过《十日谈》故事。阅读以上提到的作家的作品,人们会更加感受到《十日谈》的艺术魅力。

风味十足的《后十日谈》

我国很早就有薄伽丘《十日谈》的中译本，而它的续篇《后十日谈》一直未能在我国翻译出版。1988年5月，借着文艺初步繁荣的浩浩春风，四川文艺出版社第一次翻译出版了《后十日谈》。初版印了10万册，当年7月又加印至23万册，据说还供不应求，可见我国读者对这部名著的浓厚兴趣与喜爱程度。

打开这本书，首先读到的是封二导语中的两段话：

"《后十日谈》正是《十日谈》的续篇。它高擎'人性'的大旗，讴歌纯洁的爱情，赞美女性的伟大，揭露和鞭打封建社会和天主教会的种种骇人听闻的腐败行为。它通篇洋溢着幽默和笑声，不乏人文主义者的温暖的人情味，表达了新思想和对新世界的向往。

"《后十日谈》兼备文学、历史学和社会学的价值。它是一部风味十足、妙趣横生的'人曲'，一部感人的'醒世小说'。"

　　《后十日谈》共选收公元14—16世纪意大利七位作家创作的短篇小说精品65篇。这七位作家及其短篇小说代表作依次是:萨凯蒂的《短篇小说三百篇》、古阿尔达蒂的《故事集》、布拉乔里尼的《滑稽集》、费伦佐拉的《爱的座谈会》、格拉齐尼·拉斯卡的《夜谈录》、钦蒂奥的《故事百则》和班德洛的《短篇小说集》。这七位作家都是意大利文艺复兴这场人类历史上的伟大变革的积极参加者,他们都尊奉卜伽丘为导师,他们的创作继承和发扬了卜伽丘《十日谈》的优良传统。所以他们的短篇小说或曰故事精品的合集,理所当然地被人们称之为《后十日谈》。

　　正如此书的中译者在《译后记》里所说:"意大利文艺复兴时期小说的现实主义精神具有强大的生命力,对后来的欧美文坛的影响非常巨大。……今日西方文坛一枝独秀的所谓'反小说'——'非虚构小说',还有其他如'意识流小说''黑色幽默小说''微型小说'等,无一不可在意大利文艺复兴小说里寻找到它们的端倪。可见,这些意大利古典小说确实是一个内容无限丰富的文艺宝库,认真挖掘者必有收获。"《后十日谈》还为后来的文艺创作提供了许多再创造的素材,为一些文豪写出不朽之作打下了基础。比如英国的莎士比亚的名作《奥赛罗》取材于钦蒂奥《故事百则》里的原第三旬·故事七,他的杰作《罗密欧与朱丽叶》则取材于班德洛《短篇小说集》第二卷故事九。

　　《后十日谈》每一篇小说前都有内容提要。比如此书第一篇的提要:"林那利的簸谷工人帕尔契塔迪诺当上宫廷小丑,前去晋见英国国王爱多华多。由于颂扬了国王,他得到国王的一顿狠揍,但是后来,由于骂了国王,他得到了奖赏。"看到这里,读者会问真有这样贤明的国王?真发生过这样的趣事?然后迫不及待地去读这个故事。如此地令人寻味引人入胜,加上因语言俏皮人物滑稽等风味十足叫人忍俊不禁,贯串着阅读的全过程。

环环相扣的《一千零一夜》

　　《一千零一夜》是著名的阿拉伯民间故事集，也是世界文学宝库里的经典作品。这部巨著主要反映中古时代阿拉伯和亚洲一些国家的社会变迁、生活习俗与风土人情，内容以世俗故事为主，兼有童话、寓言、神话、传说、名人逸事等。

　　书中的第一个故事《国王山鲁亚尔及其兄弟的故事》可以说是这部故事集的引子，讲的是古代有个国王叫山鲁亚尔，当他发现他的王后与人通奸，便杀死了她。从此，国王怀疑所有的年轻女人，每天娶个少女过夜，次日便杀掉再娶。继续了三个年头之后，宰相的女儿山鲁佐德为了拯救更多的无辜的女子，自愿嫁给国王，她每夜讲一个没有完结的故事给陪伴她的妹妹实质上是给国王听。因国王想把这精彩的故事听完，允许她暂且不死接着讲故事。由于这故事总是没完没了，山鲁佐德便一夜夜地接着讲下去。就这样，她讲了一千零一夜，终于感化了国王，国王不仅不杀她，还把她正式封为王后。她讲的这些故事，便汇成了故事集《一千

零一夜》。

中国古代民间故事同样丰富多彩，但绝大多数是单独或曰各自成篇。故事之间虽然也偶尔有关联，但衔接不是那么紧密。即便是某某系列故事，也常常作为一个个独立体罗列。《一千零一夜》就不是这样——说到这，我们不能不提到此书的艺术结构方式。德国学者称其为"连窜插入式"，即全书有一个总故事，总故事套上许多大故事，大故事又分别套上许多中故事，中故事再套些小故事……错综复杂，镶嵌穿插，形成一个迷宫也似的结构。一个故事带出另一个故事的绵延讲述，一环紧扣一环地展开情节，使得书中的故事像九十九道弯的长河涌流不息。

究其实，这种新颖的独特的结构方式也并非是《一千零一夜》首创。比如，印度的民间故事集《五卷书》的结构就有这个特点。更早些的佛教的经典也常常运用这种形式。但比起它们，《一千零一夜》的"连串插入式"结构方式更庞大而繁复，情节更曲折生动，行文更自然流畅，以至成为一部宏伟壮观的带有史诗性的民间文学巨著。

阅读《一千零一夜》那许许多多美妙神奇的故事，不但能获得精神上的愉悦和享受，也对我们自己在文学创作上如何独辟蹊径别开生面有所启示。

大写的"人"《巨人传》

上海译文出版社1990年出版了全译本《巨人传》。该书的《译本序》云:"作者拉伯雷的名字在我国读者当中并不陌生,不过因为没有出版过《巨人传》的全书译本,所以真正读过这部小说的人可能并不多。这部世界名著以其全貌呈现在读者面前在我国还是第一次。"买到这一气势恢宏长达80多万字的皇皇巨著,我着实高兴了好一阵子。

《巨人传》取材于中世纪的民间传说。全书共分五部。第一部写国王高朗古杰的儿子高康大生下来就会说话,聪颖过人,他喝一万七千匹母牛的奶,穿一万二千多尺布做的衣服。这个巨人最初接受的是教会的经院教育实质上是被毒害,后来在人文主义教育的解救下,才焕发出青春,成为身体特别是思想文化上的巨人。当他的国家受到邻国侵略时,他率领修士约翰等人击退敌人。胜利后他为约翰建造特来美修道院。第二部写高康大的儿子巨人庞大固

埃的成长经历,包括他一直受到良好的人文主义教育以及结识朋友巴奴日的故事。第三部由巴奴日要不要结婚的问题,引出许多奇谈怪论。随后,庞大固埃与约翰修士、巴奴日等人一起出发,到世界各地去寻找"神瓶"。第四、五部写他们在旅行中走过许多地方,遇到许多骇人听闻的事以及他们斗智斗勇化险为夷的经过。小说的最后写庞大固埃一行人千辛万苦终于找到神瓶,神瓶给他们的答复只有一个字:"喝"。作者的用意非常明显,人不仅要喝即吃东西,才能生存,更要不断地吸取知识,增长智慧和本领,才能成为真正有价值有作为的人。

小说中的巨人形象虽然表面上荒诞不经,滑稽可笑,但实际上作者是将其作为人的力量的象征来塑造的。作者把很多优良品质诸如爱祖国、爱和平、提倡自由发展、主张个性解放等赋予他理想的巨人。他笔下的巨人不仅有爱心有正义感,渴求知识学问渊博,而且勇于探索寻找真理,是个真正的大写的"人"。

通读全书,你不能不惊叹作者写作想象力之丰富,艺术表现力之高超。作者以巨大的篇幅,用神怪传奇的形式来叙述巨人们的经历,用平易晓畅诙谐风趣的口语及大量的俗语、习语、俚语加上讽刺、夸张等修辞手法,展开一个个故事,使读的人不时捧腹大笑而又心驰神往。作者把对宗教迷信的揭露和嘲讽,把对封建司法的批判与抨击,融进字里行间。读者时时发出响亮而痛快的笑声,就是一记记抽向封建专制与教会统治的有力的耳光!

拉伯雷的《巨人传》是法国文学史上第一部长篇小说,也是欧洲文艺复兴的火种传到法国后绽放的一束绚烂的火焰。

亦庄亦谐的《堂吉诃德》

许多年前,我在报刊上不止一次地见到"世界十大文学名著"的评选(大多是译自国外的有关报道)或推介文章,后来在网上也不时看到类似的信息,西班牙作家塞万提斯的长篇小说《堂吉诃德》一直是"榜上有名",可见它是一部举世公认的世界文学经典作品。

《堂吉诃德》这部长篇小说的内容梗概是:主人公堂吉诃德是西班牙的一个穷乡绅,读骑士小说入迷走火,当上游侠骑士。他总是一个人单枪匹马地出游,每每弄得受伤而归。后来他让邻居桑丘做他的侍从一起出征。一路上他俩打抱不平,以铲除妖魔鬼怪为己任。因为堂吉诃德已陷于疯癫状态,把幻想当成现实,所以他把大风车当作巨人,把旅店当作城堡,把理发师的铜盆当作魔法师的头盔,把羊群当作军队,把苦役犯当作受迫害的骑士……不顾一切地提矛杀去,闹出无数荒唐滑稽的笑话,结果害人害己,几近丧命。临终他才醒悟过来,并立下遗嘱,不许他唯一的亲人侄女嫁给骑士,否则,得不到他的遗产。

公元16世纪，正是骑士传奇小说在西班牙肆行并且流毒很深的时代。宫廷和教会用骑士的荣誉和骄傲来鼓动人们特别是贵族去建立世界霸权，去维护封建专制。作为人文主义者的塞万提斯一直挣扎在社会的底层，他非常憎恨封建统治与专制，憎恨骑士制度和美化这一制度的骑士小说。为达到"把骑士小说的那一套扫除干净"（作者自白）的目的，作者故意模拟骑士传奇的写法，用堂吉诃德和桑丘形成强烈对比的所作所为来尽情嘲讽骑士制度，鞭挞封建专制的腐朽与罪恶，来体现文艺复兴时期的民主精神。

这部小说广泛使用讽刺、夸张等艺术手法，通过生动、幽默富于表现力的语言，写了大约七百个属于各个阶层的人物，如贵族、僧侣、市民、农民、艺人、商人、理发师、牧羊人、骡夫、强盗等。所写的生活面从城堡到客店，从乡村到小镇，从平原到山区……构成了一幅巨大的社会画卷。作者以如此巨大如此感人的画面来反映时代反映现实，这就使得作品具有开创性意义。小说中的两个主人公堂吉诃德和桑丘也以各自的性格特点特别是其正直、善良、勇于锄强扶弱，敢于伸张正义，而赢得广大读者的喜爱。总之，《堂吉诃德》是一部具有西班牙民族风格的亦庄亦谐的引人发笑的书，读起来非常有趣，有一种很舒畅的感觉。

创造力非凡的《格列佛游记》

我上小学时爱看连环画。有本连环画，讲的是外国文学故事，画的是一个探险家闯入小人国后的所见所闻，我特喜欢。那些成百成千的可爱的只有"手指头大小"的小人，供给"俘虏"即捆绑搬运的那位探险家饮食的画面给我的印象极深。多年以后，我才得知那本连环画改编自英国作家斯威夫特的长篇小说《格列佛游记》，而该书最早的中译本就叫《小人国与大人国的故事》。

《格列佛游记》是一部讽刺小说，描述英国医生格列佛四次航海的经历。他先后到达利立浦特、布罗卜丁奈格、勒比他、巴尔尼巴比等岛国，其经历和见闻真如天方夜谭。小说分四卷，第一卷是小人国的故事，第二卷是大人国的故事，第三卷是飞岛国的故事，第四卷是慧骃国（有些中译本直接译作马国）的故事。作者并非为谈玄而谈玄，他是以此来讽刺社会现实。他用小人国朝廷的昏庸和腐败来影射英国朝廷。他用飞岛国统治者镇压人民的事实来揭露殖民主义的残暴与罪恶。他把理智、博学、仁慈、重视生产的大人国国王作为理想的开明君主。尤其是马国,马成了人的主人,人是马的畜生,他将马们的正义感与畜生——人的邪恶无耻做了强烈的对比。归根结底,作者借医生兼航海家和探险家格列佛这个主人公,来表达自己的爱憎,来诉说自己的追求,并以此激浊扬清,警醒当世。

　　一部《格列佛游记》,最叫人赞赏和钦佩的是作者的非凡的艺术创造力与表现力。通常,一个作者包括大作家驰骋其想象,写出一、两个独创的与别人完全不同的社会环境和人物形象,令人耳目一新并且过目不忘,已属难能可贵技高一筹。而斯威夫特连着写出四个!一是小人国,一是大人国,一是飞岛国,一是慧骃国。他不仅让各国的环境、国情、人物及其活动各有其特色,而且让主人公也就是那位医生分别与其遭遇、交往直至离开,这一切全都真真切切,如在目前。由于作者用第一人称的口气,以历险纪游的形式,叙述又是绘声绘色,使得小说的情节都能自然展开,合情合理,富有人情味,从而成为一部雅俗共赏的引人入胜的经典文学作品。

改编成电影最叫座的《巴黎圣母院》

很多外国文学作品被改编成电影。改编得最成功最受观众欢迎的莫过于根据法国文豪雨果的名作《巴黎圣母院》改编的同名电影。1979年,当我国译制的彩色宽银幕故事片《巴黎圣母院》在中国大陆上映时,真是万人空巷,争睹为快。意大利著名女演员吉娜·劳洛勃丽吉达扮演的美艳的吉卜赛女郎,美国著名男演员安东尼·甘扮演的丑陋的钟楼怪人,给广大观众留下美好而深刻的印象。因为电影上座率高,观众反响强烈,当时唯一的国家级电影月刊《大众电影》在1979年第2期及时对该影片做了专题报道,并将男、女主人公的彩色剧照作为该期刊物的封底。

《巴黎圣母院》的内容梗概是:美丽动人的吉卜赛少女爱斯梅哈尔达以街头卖艺为生。她心地纯洁善良,当贫民诗人甘果瓦误入"圣迹区"被判处死刑,她以假结婚的名义救了他。在巴黎街市上,爱斯梅哈尔达翩翩起舞,她的美貌让圣母院的副主教克罗德垂涎,他指使又聋又跛的撞钟人即钟楼怪人卡西摩多去劫持少女,但被宫廷一卫队长救下。卡西摩多被罚当众受到鞭笞,因口渴而痛苦呼号,爱斯梅哈尔达送水给他喝,使他深为感动并产生爱意。克罗德得不到少女由爱变作恨,他刺伤卫队长又嫁祸于少女。卡西摩多舍命解救被判为绞刑的爱斯梅哈尔达,并将她藏在圣母院钟楼上。克罗德发现后伸出魔爪,少女因卡西摩多的保护而未被强暴。与此同时,上万的巴黎流浪人、乞丐、平民合力攻打圣母院教堂,企图救出自己的姐妹,引发国王的卫队前来镇压。爱斯梅哈尔达被再次送上绞刑架,悲痛万分的卡西摩多在钟楼上目睹克罗德的狞笑,把他从楼上推了下去。最终,卡西摩多抱着死去的吉普赛少女走进墓室,殉情而亡。

电影好看能吸引人感动人,是因为原著写得好,长篇小说《巴黎圣母院》的巨大容量给电影的改编以充分选择的余地,小说中的诗情画意更给编导以想象和发挥的艺术空间。路易十一统治法国时期多方面的生活场景,国王与侍臣们的骄横奢侈,王室与教廷的明争暗斗,巴黎下层流浪人与贱民的贫困和抗争,巴士底狱、隼山刑场、圣迹区的贫民窟、巴黎的街市、巴黎圣母院的中世纪哥特式的建筑艺术以及炼金术、印刷术等的生动叙述与描写,加上美与丑、善与恶、正义与奸邪的强烈对比⋯⋯使得小说成为富丽多彩的历史画卷,成为改编成电影的理想脚本。

在世界电影史上,法国的彩色宽银幕故事片《巴黎圣母院》是第三次将雨果原著改编成电影。之前,雨果同名小说曾两次被改编成电影,均是黑白片,曾先后在我国上映过,观众反响十分热烈。这一次更是盛况空前。以至于上海译文出版社1990年出版管震湖译的全译本《巴黎圣母院》时,选用第三次改编成电影里的吉卜赛少女送水给钟楼怪人喝的彩色剧照作为该书封面。

20世纪90年代,世界影坛上出现了第四次改编雨果原著而拍摄成的影片《巴黎圣母院》,也是彩色片。当这一次的译制片在我国影院和电视荧屏上先后上映时,观众普遍觉得"没有上一部好看"。主要原因是该片的男、女主角扮演者易人,新人们的个人魅力不及那两位意大利女星和美国男星。但随着影片的放映,又带动新一轮的阅读原著热。据报道,外国某制片商正在投资筹拍第五次改编的彩色故事片《巴黎圣母院》,届时将成为世界影坛上又一件盛事。

最好的小说范本《莫泊桑中短篇小说选》

法国作家莫泊桑是举世公认的世界"短篇小说之王"。比起世界上另两位短篇小说大师即俄国的契诃夫和美国的欧·亨利，莫泊桑的文学创作更为丰厚一些。他一生写了350多篇中短篇小说，还创作并发表了6部长篇小说和3部游记。据统计，莫泊桑是世界上拥有最多读者的小说大家。

莫泊桑的小说的题材极为广泛，涉及19世纪法国社会生活的方方面面。有的写普法战争，有的写达官显贵，有的描述下层群众生活困苦，有的反映劳动人民优秀品质……小说中的人物更是多种多样，有贵族、职员、有产者、暴发户、市民、农民、雇工、佣人、渔夫、水手、乞丐、妓女等。最为人称道的是莫泊桑小说在思想上和艺术上都具有鲜明的特色。他擅于从平凡人物从日常生活中去开掘，擅于选择和提炼典型的细节，虽写平淡小事，但意义非凡，都能以小见大地深刻地反映生活的真实与社会的本质。他

的小说情节并不复杂曲折,但布局和结构都严谨而精巧,故事安排得从容自然而有情趣。不论是描绘人物、事件、环境等包括人物的对话、动作、心理活动及特征他都是采用极为朴素简练的白描手法,勾勒出一幅幅线条毕现色彩恬淡氛围浓郁的生活风俗画,给人以思考的空间和回味的余地。莫泊桑小说人物形象之鲜明,细节描写之传神,语言文字之简洁,给后世小说家,给世界文学,以深远的影响。

莫泊桑的作品很早就被翻译、介绍给中国读者。除了他的十几种中短篇小说选集和《一生》《漂亮朋友》(早期译成《俊友》)等长篇小说外,20世纪80年代以来,先后又有中译本《莫泊桑中短篇小说集》《莫泊桑全集》出版印行,更不用说《项链》《我的叔叔于勒》《菲菲小姐》等作品一直是我国中学语文和大学文科教材的经典课文。这里,以他的短篇小说《两个朋友》为例,欣赏其独特的艺术魅力。

《两个朋友》写的是普法战争中普军围城期间,两个酷爱钓鱼的巴黎市民从城里外出,经过法军的前哨阵地后在郊外的河边钓鱼时被捕。当敌人也就是普军军官要他俩讲出通过前哨阵地的口令时,他俩只字不说,坚贞不屈,为了祖国献出生命。请看小说开头的一段:

巴黎被包围了,在饥饿中苟延残喘。屋顶上难得看见麻雀,阴沟里的老鼠也少了。人们不管什么东西都吃。

接着,主人公之一莫里索出场了,他空着肚子在林荫大道上溜达,突然认出一个人也就是他的朋友兼钓友索瓦热。小说很自然地回顾战前两个朋友都是每逢星期日外出钓鱼,他们在钓鱼中相识和产生友谊,在钓鱼中共同享受生活的欢乐。两个好友战时相遇,心情激动地去咖啡馆和酒店,喝了一杯又一杯,因为肚子空空而迷糊以致完全醉了,想起昔日钓鱼的乐趣,便约定再去城外钓鱼。出城要经过法军的前哨阵地,索瓦热说认识那法军上校,他们会放行。当两个主人公取来钓具,征求上校同意后带着通行证通过前哨阵地来到塞

纳河近旁的时候,发现山冈上有普鲁士军人!两人没有后退,而是小心翼翼地躲开敌人,冒着危险来到河边钓鱼:

索瓦热先生钓到了一条狗鱼,莫里索也钓到了一条;他们不断地拉起钓竿,每一次钓丝上都挂着一个摆动不停的银光闪闪的小东西。真是一次成绩好得出奇的钓鱼。

他们小心地把鱼放进一个网眼很密的网兜,网兜浸在他们脚边的水里。他们感到说不出的快乐,只有在你被迫放弃了一种心爱的消遣,过了很久以后又重新得到的时候,才会有这样的快乐。

和煦的太阳晒得他们的肩膀暖洋洋的,他们什么也不听,什么也不想,忘了世界上还有别的事情,只知道钓鱼。

接下来,两个朋友由远远的要塞顶上的硝烟和炮声引发出几段关于战争的对话,把小说引向深沉,但他们还是恋恋不舍地"只知道钓鱼"!

但是他们突然吓得打了一个冷颤,因为他们明显地感觉到背后有人走动;他们回过头去,看见四个人,……

两根钓鱼竿从他们手里落下去,随着河水漂走了。

一转眼工夫,他们就被抓住,捆起来带走,扔进一条小船,送到对面的岛上。

普军军官狡诈地威胁利诱他俩说出进出法军前哨阵地的口令:

军官又说:"我再给你们一分钟的时间,多一秒钟也不行。"随后,他猛地站起来,走到两个法国人跟前,抓住莫里索的胳膊,把他拉到一边,低声说:"快点说,口令是什么?你那位朋友绝不会知道,我可以假装可怜你们。"

莫里索什么也没有回答。

普鲁士人又把索瓦热先生拉到一边,对他提出了相同的问题。

索瓦热先生也没有回答。

他们又并排站在一起。

军官开始发命令。士兵们举起了枪。

在死亡面前,两个朋友互相诀别:

他结结巴巴地说:"再见了,索瓦热先生。"

索瓦热先生回答:"再见了,莫里索先生。"

他们握了握手,浑身不由得一阵哆嗦。

军官嚷道:"开枪!"

十二支枪一齐响了。

索瓦热先生脸朝下,直挺挺地栽倒下去。比较高大的莫里索晃了几晃,打了个旋,仰面横卧在他朋友的身上,血从被子弹打穿的衣服的前胸呼呼冒出来。

小说通篇用白描的手法,但气氛何其悲壮!人格何其伟大!两个坚贞不屈视死如归的忠于祖国的人!

不断听到一些人忠告爱好写小说的青少年习作者,我也同样告诉我的学生们:学写短篇小说,最好的范本是《莫泊桑中短篇小说选》。

辑三

画味

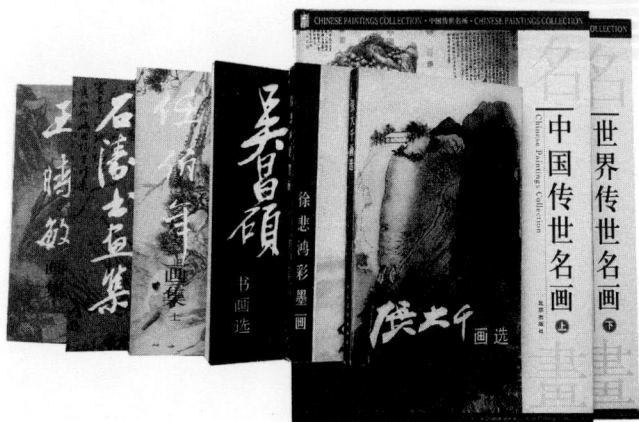

齐白石花卉草虫画情味

齐白石是我国当代首屈一指的大艺术家，其绘画、书法、篆刻艺术乃至旧体诗，都有很高的成就。就他的绘画而言，山水、人物、小动物、花卉、草藤，无不落笔有神，描摹尽致。我个人最喜欢的是他的花卉草虫画，曾想方设法搜罗一些有关画册。近几天，借着晒书的机会，我将珍藏多年的《齐白石画选》《齐白石作品集》《齐白石画集》（上下卷）和《荣宝斋画谱·齐白石花卉草虫部分》等画册又细细浏览一遍，再一次美美地欣赏他的花卉草虫画。

齐白石花卉草虫画是将阔笔大写意花卉与微毫毕现的工笔草虫相结合，是齐氏独创的奇妙精绝的"工虫花卉"。每每在大笔挥洒花卉、痛快淋漓之时，加上精心摹写的一、两只昆虫，造型简练，神态活泼，色彩鲜明，表现出生命力的蓬勃和大自然的野趣。画面质朴、刚健，清新的美扑面而来，令人心旷神怡。

请看《牵牛花》：一支柔嫩的茎蔓上两片硕大的翠叶。右叶上伸一支待放的花蕾。左叶上方并开着两朵鲜艳的红牵牛花。左叶左下侧与柔蔓相连相缠的是一支细蔓，蔓上有两大一小花苞。左上角处，一只蝴蝶正越来越近地飞向牵牛花……

《葫芦》：占据大半幅画面的是一个长把的黄澄澄的金钱葫芦。下端的葫芦壶比拳头大，壶背上伏着一只小手指指甲盖大小的红甲壳虫，正悠然自得地吸吮着葫芦的芳香。一瓜一虫，一黄一赤，一大一小，强烈的谐趣的对比表现了自然界生物间的协调。

《修篁临风》：风中竹竿摇成倾斜状，竹叶翻飞舞动，簌簌有声；竹丛中一只蝗虫迎风而进，奋然前行。整篇画作气势骀荡，展现出动态的美与生命力的顽强。

再看《明珠可掬》：一大串淡青色葡萄，几片葡叶，两三根藤蔓，在叶与果柄之间，一个大蚂蚱正弓腿欲跳……

《香林紫云》：一支紫藤上花团锦簇，三只蜜蜂寻香飞来。彩墨濡染的蜜蜂，"嗡嗡嗡"飞动的响声犹在耳畔。

《郊野秋光》：一束下垂的金黄色的稻穗，丰美而韵致，下面有两只嬉戏的螳螂。右上方的螳螂似在挑逗，左下的一只抬头挺胸准备应战……

好画有味。齐白石的花卉草虫画画面空灵，意境开阔，极富神韵，既弥漫着山野的花草气息，又充溢世间的浓浓情味。

徐悲鸿的彩墨肖像画

在中国当代画家画的肖像画中,有两幅精品最为人赞赏。一是吴作人1954年画的油画《齐白石像》,一是徐悲鸿1940年画的中国画《泰戈尔像》。

徐悲鸿是众所周知的我国当代杰出的画家。他融会中西,贯通古今,中国画、素描、油画无一不工,山水、人物、花鸟、走兽无所不精,留下许多经典作品传世。人们津津乐道于他画的马,殊不知他的肖像画更为精致传神。他曾画过不少当代知名人士的肖像,比如《马寅初像》(炭笔画)、《丁玲像》(炭笔画)、《甘地像》(黑垩笔画)、《李印泉像》(毛笔画即中国画)、《黄震之像》(油画)、《诗人陈散原》(油画)等。他的油画肖像的精妙传神使很多业内人士都为之叹服,甚至有美术史家评论说:"徐悲鸿的油画艺术主要成就就在肖像画创作上。"

1939年12月,徐悲鸿赴印度举行中国近代画展,与诗人泰戈尔晤面。随后即1940年,他数度为泰翁造像,既画有铅笔画《泰戈尔诗

翁》,也画有彩墨中国画《泰戈尔像》,还画有油画《泰戈尔像》。彩墨肖像画《泰戈尔像》是在泰戈尔家中的庭院里完成的。其背景是庭院里绿树枝叶繁茂,一对小鸟在枝上观望低语。画面上,白发银髯古铜色面孔的泰戈尔端坐在藤椅上,他左手执书欲翻书页,右手执笔并用大拇指按住书角,目光炯炯地直视前方……一位睿智的凝神构思的诗人形象跃然而出!以致给观众以思想和艺术的冲击与震撼!

由徐悲鸿的肖像画说到他的彩墨画,其题材广阔,画风刚健,体现出博大雄奇的中国气派。无论是走兽飞禽如马、牛、狮、猫、鹰,还是山水、花草、林木、屋舍、月夜等,都是恣肆淋漓,一气呵成。其中的人物画更为引人入胜。既有众志成城的劳动者群像《愚公移山》,又有美艳动人的神女《山鬼》;既有古色古香的《六朝人诗意》,也有民风淳厚的《巴人汲水》……人民美术出版社曾于1981年编辑出版《徐悲鸿彩墨画》,内收他的彩墨画包括肖像画精品共计117幅。对于喜爱徐悲鸿绘画的广大读者来说,这是一册必须购买与收藏的令人赏心悦目的好书。

丰子恺漫画的"人间味"

"一片片的落花都有人间味，那便是我看了《子恺漫画》所感。"这是红学家俞平伯先生在《"子恺漫画"跋》中所言。"他的画里有诗意，有谐趣，有悲天悯人的意味；它有时使你悠然物外，有时使你置身市尘，有时使你啼笑皆非，肃然起敬。"这是美学家朱光潜先生在《丰子恺的人品与画品》一文中总结的一句话。

的的确确！丰子恺的漫画取材于人世间的寻常景物、事物，特别是老百姓的日常生活，表现生活中的美与情趣。他歌颂劳动者的勤劳和善良，鞭挞统治者的专横及丑恶，……氤氲在子恺笔端的是浓浓的人间味。

子恺漫画里的人物多是儿童。《瞻瞻的车》中的小男孩骑着用两把蒲葵扇做车轮的脚踏车，《锣鼓响》里的男孩拉着老奶奶急欲去看热闹，《建筑的起源》里的小家伙站在桌前用积木做门，做房子，《凳子四只脚》里的小姑娘阿宝给高脚凳的四只脚穿上布鞋而她自己却赤着脚……儿童的天真可爱状，让读者发出会心的微笑，并回想起自己的孩提时代。同时是儿童题材，一幅题为《教育》的漫画则使人震撼和反思！画面上泥塑匠人将一团团泥巴捏成一个个一模一样的小泥人，隐喻儿童教育一直是在强行灌输，其结果是千人一面，真正的人才被扼杀了。

子恺的风景漫画多写春景，如《游春人在画中行》《春日游 杏花吹满头》等，从中可以看出他对春天的喜爱，也表明他对祖国的未来包括对祖国的花朵——儿童的教育成长寄予希望。

丰子恺是当代大家，文艺全才。他不仅精于绘画，在书法、散文、诗词、音乐、艺术理论、文学翻译乃至金石鉴赏、建筑艺术诸方面都有很深的造诣。他出版过《子恺漫画》《护生画集》等多部画集，还出版过《音乐入门》《音乐的常识》《西洋美术史》《艺术丛话》等艺术专著。他工于诗词，能写一手漂亮的散文。作家徐迟曾说："丰子恺的《缘缘堂随笔》可爱极了。"他还翻译出版了多部日俄大作家的作品，特别是子恺翻译出版的被称为日本的"红楼梦"的《源氏物语》，几十年来一直畅销。还有，他曾给许多书籍和刊物做过封面设计与插图，例子举不胜举。

2001年4月，京华出版社出版了丰子恺长女和幼女共同收集整理的包括所有漫画与封面设计及插图在内的《丰子恺漫画全集》（共九卷），为喜爱子恺漫画和插画的广大读者提供了一个全面欣赏与珍藏的好机会。

林风眠大师的画风

我最早接触林风眠的画始于1963年初春。我在一本由少年儿童出版社出版的《古代诗歌选》第三册书里，看到该书选收的宋代范仲淹的诗《江上渔者》后面有幅（页）插画：阴云密布低垂，宽阔的江面上漂泊着一只渔舟。一位老渔翁头戴斗笠，身披蓑衣，弯腰依着桅杆捕鱼。远处，一只鸟正冲云破雾而来……整个画面是暗色，所用的蓝色与黑色给人以大江风急浪恶、渔夫勇往直前的感觉。署名林风眠的这幅画给我的印象极深，多少年后我还记忆犹新。

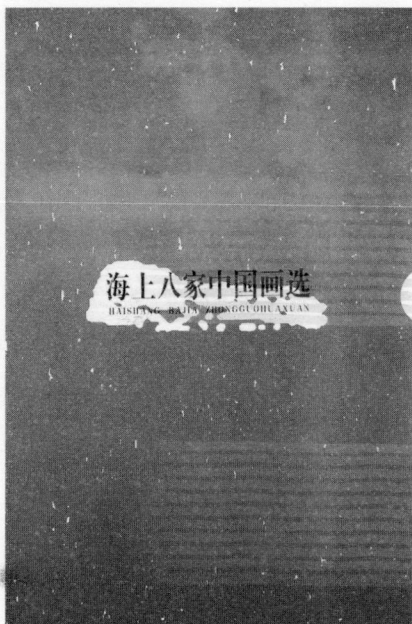

直到20世纪80年代，我才在报刊上陆续见到林风眠的画。比如他的中国画《秋》：远处，山外有山；近处，山峦溪流。高大的黄叶、红叶树满山满谷。山腰上几座黑瓦白墙的民居，墙上挂满累累的秋实。作品表现出明艳诱人的秋色美和浓郁纯正的山野味，同样让人过目不忘。

后来我邮购到一册《林风眠画辑》，从中得知他是一位油画大家兼中国画大画家。大凡静物画、风景画、人物画包括仕女画、人体画都有涉猎和建树，佳作很多。新世纪初，我买到两本相关画册，其中的一本《海上八家画选》很厚，除收有黄宾虹、张大千、陆俨少、程十发、刘旦宅等著名海派画家的许多佳作，还收有林风眠的42幅代表作！其中有两幅我最喜爱。一幅题为《荷塘》：满塘洁白的荷花，翠绿的荷叶，浅黄的芦苇，由大到小、由近而远乃至星星点点生长、开放在墨蓝色的湖水之中。恬静、美好，叫人悠然神往。设若盛夏读此画，会感到一股股清凉之气沁人肺腑。一幅是《丰收图》：五个农家少妇和少女欢庆丰收，每人将自己摘的堆得高高的玉米或水果篮子放在一块，比较着，说笑着，脸上都洋溢着满足与幸福……

在中国当代画家中，林风眠的画风独具一格。他毕生致力于中画法和西画法的结合，每每以略近西画特点的构图与技法创作，而又保留中国画的神韵，其作品如累累硕果，色香诱人。特别需要说明的是，他的画极少用大红大紫颜色，而以蓝色或墨蓝色居多，给人以宁静、平和、温馨的美感。

从《诗人画册》到《历代诗人画传》

在当代中国画的人物画画家中，刘旦宅独具特色，自成一家。他画的古代人物形神兼备，呼之欲出，其中的女性画更是别具一格，富有诗意。画里的少女或少妇，一个个端庄美丽，眉目传情，十分可爱。相比之下，近当代的一些大画家（恕不点明）画的古代仕女，都呆板着脸，身子臃肥僵硬，令人望而无趣。

从20世纪60年代初，我在县一中图书室借阅的《古代诗歌选》第一册（少年儿童出版社1961年10月）里见到刘旦宅画的4幅（页）插画时起，我就喜欢上刘旦宅的人物画并开始搜集。凡报刊上发表有他的新作，我见到后都尽可能地剪贴下来。他画的连环画《屈原》《破釜沉舟》等，我也想方设法去购买。

1982年春，人民文学出版社新版《红楼梦》，书里配有刘旦宅精心创作的24幅（页）彩色插画。我高兴极了，随即产生新一轮的收藏

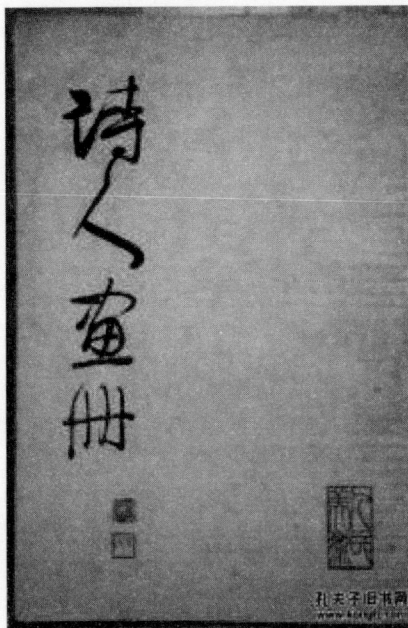

刘旦宅画作的欲望。稍后得知,早在1979年,人民美术出版社编辑出版了刘旦宅的《石头记人物画》,收入他为《红楼梦》群钗的造像40幅,出版社还约请著名红学家周汝昌为其配诗。周作绝句40首,并用行书书写。画册左图右诗,画、诗、书融为一体。

次年4月,"人美"又出版了刘旦宅的《诗人画册》,画册新美雅致,人物生动,一时洛阳纸贵。这本画册收集了画家历年来为我国古代诗人所画的写意人物画,上自屈原,下至文天祥,共50位。每位诗人选一首有代表性的诗作,画家再根据诗的意境为诗人作画。这些人物画都传神达意,惟妙惟肖,恰到好处地表现出诗人的志趣和情怀。画册也是左画右诗,一彩图一墨迹,相映成趣。诗人们的诗由刘天炜先生(天炜是旦宅的儿子,著名的青年书画家)分别用行、草、隶、楷等几种字体书写,或潇洒飘逸,或古朴遒劲……

这之后,我相继搜罗购买了不少刘旦宅的画册,仅同一书名但作品篇数不同的《刘旦宅画集》,我就买有6种:上海人美版、上海教育版、古吴轩版、香港博雅版等。我还购有一些相关画册比如新蕾出版社出的《刘旦宅聊斋百图》、湖南美术出版社出的《中国连环画名家经典 刘旦宅》和刘先生的画论《对比艺术》等书。

1998年秋,上海辞书出版社出版了刘旦宅的新著《历代诗人画传》。该画传在《诗人画册》的基础上增加16位古代诗人,并将原先画的诗人写意画做了部分调换,新作更为准确传神。画传共收66位我国古代诗人,从战国时期的屈原到元代南戏作家兼诗人高明。打开画传,如同穿越时空,走进"诗人之家",看一位位古代诗人生活和创作。这里,有司马相如抚琴,两只巨大的彩凤徘徊在空中倾听;有骑着白马腰挂宝剑的曹操,正屹立在岩石上观海;有陈子昂凭栏在古树虬枝环绕的幽州台上,念天地之悠悠;有李白月下独酌,举起酒杯对着皓月长啸;有崔护在都城南庄的题留,追忆曾邂逅的佳人;有陈玉兰歌咏的千针万线赶做寒衣,"西风吹妾妾忧夫"的深情;有苏东坡面对赤壁的危崖和奔流不息的江水吟哦,有陆游骑马挺枪于红云下一往无前的英姿,有关汉卿彩排杂剧新作时的剧照……

刘旦宅不愧是人物画大家,他极善于捕捉诗人的"一霎那"动态,来表现诗人独有的气质和抱负。画传中屈原的忧悒,蔡琰的悲愤,陶渊明的超然,谢朓的从容,王维的飘逸,杜甫的深沉,薛涛的思恋,刘禹锡的执着,白居易的平易,李商隐的机敏,温庭筠的婉约,柳永的放任,王安石的豁达,李清照的愁闷,张孝祥的高洁,文天祥的坚贞,马致远的洒脱,王实甫的淡定……都刻画得淋漓尽致,历历可见。可以说《历代诗人画传》是一部中国古代诗史的精编!

许多人评说刘旦宅的人物画是画中有诗,画中有味。确乎!仅从《诗人画册》和《历代诗人画传》,就可以看出端倪。

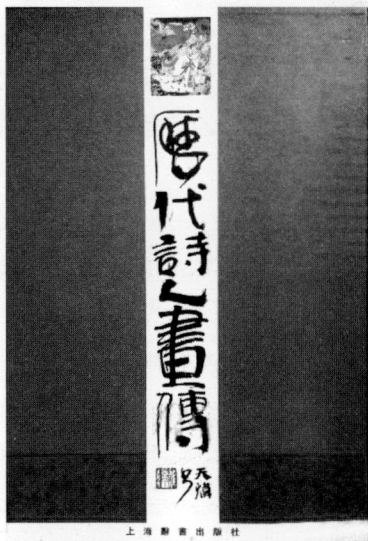

吴冠中的画与画论

1999年2月，人民文学出版社开始出版"画外话丛书"，诚如编者所言："这是一部极具创意的由'两栖'艺术家完成的书。对于文学读者，是一套另类散文；对于美术读者，这又是一部另类画集。"出版社首先推出的是《吴冠中卷》，接着是《冯骥才卷》《张仃卷》和《范曾卷》。我邮购了一套。我特别喜欢其中的《吴冠中卷》，这不但是因为油画大家兼中国画画家吴冠中的盛名早已如雷贯耳，其绘画与文章我多次欣赏过，更是由于这丛书中的"吴卷"编得精粹，收入吴先生从20世纪70年代至90年代的代表画作50幅，以及作者最新为这些绘画专门写就的精美散文50篇。文因画起，文为画作，便于读者更准确更全面地欣赏、体味这些作品。

且看《太湖鹅群》(油彩)，讴歌生命的蓬勃：阔大的湖面，远处白帆点点，更远处一抹青山，几朵白云；近处停泊着渔船，圈养着上千只白鹅。白鹅红顶红嘴，群聚于灰蓝色湖水里，或嬉戏，或畅游，或依

偎，或拍打着翅膀……白花花中点点红，欢叫声依稀可闻，给人以生命跃动的激情！

再看《春雪》(墨彩)，"着意于韵之奔流"。作者说："春天在大巴山遇到一场突然降临的大雪，宇宙立即变色，高山上下，唯余茫茫。春雪来得猛，也融得快，雪片刚止，山间很快出现一块块墨黑，黑块迅速生长，呈现斑驳的豹纹，别具一种视角之美。"画幅表现的就是这种视角之美……

再看《月如钩》(油彩)，关于黑色的礼赞。作者自道："我爱黑，永远在探索黑的潜力。"画面上，一钩下弦月挂在乌黑的天幕，如磐的夜色，江流的深灰色，月光下江边疏疏落落的芦苇呈现的白色……画家"无意为李煜词作插图，而窥见了词意与画境的交融处。"

……

吴画有散文美，吴文有丹青味。这是我看《画外话·吴冠中卷》的初步感受。

秦岭云的山水画韵味

我很早就听说过美术界有一副虽然对仗不甚工整但颇有情趣的楹联："南有关山月,北有秦岭云。"也知道关山月实有其人,并见过他画的山水画和梅花图等。这秦岭云是谁?这对联究竟是风景联还是人名联?我一直是不了了之。直到改革开放后,人民教育出版社出版发行的高中文科教材里的插图逐渐增多,其中,山水画插图大都署名秦岭云,我才知道还真有秦岭云这位画家!进而在一些相关资料上得知,秦先生是在人民美术出版社工作了二三十年的资深编辑,也是当代著名的有成就的山水画画家。

后来我买到秦岭云的《写意山水画技法》,此书不仅仅介绍绘山水画的技法及其变革和有关学习方面的一些知识,还有秦先生对中国山水画如何创新的诸多见解以及他的许多山水画佳作。这些画很美,很耐看,使我产生莫大的兴趣。1995年春,我购到《秦岭云山水画

选》，这是秦先生山水画精品的结集。我不但仔细欣赏它，还把它与关山月的画集做了比较；兴之所至，我把我国现当代几大画派诸如关东画派、京津画派、长安画派、金陵画派、海上画派、岭南画派的有代表性的山水画画册——找来做对比，特别是将它与张大千、黄宾虹、傅抱石、李可染、应野平、亚明、陆俨少、宋文治、魏紫熙、白雪石等名家的山水画画选或画集仔细做了比较，我发现秦岭云卓尔不群自成一派，他的山水作品有着独特的艺术风格与诗情画味。这是一位不可多得的当代山水画大家。

观赏秦岭云山水画集，令人如坐春风，就像他的挚友大画家黄苗子评价他的画和他的为人时所云："岭云的画清新隽永，生机盎然……"《高原人家》里高原的丰厚、峭拔，民居于树丛中隐现，农夫在扶犁耕耘；《蜀江》中的峻岭、峡谷、松壑、激流，岩上的巴山人家，岩下的蜀江帆影；《长城》里城垛的兀立，城墙的蜿蜒，直到天边，而更远处是"人"字形雁阵；《华山》中高耸入云的西峰，连着中峰连着苍龙岭上的曲折山道，连着在山腰攀爬的游人……还有，《大夏河草原》天高地广，草原上牧人挥杆放牧着牛羊；《镜泊湖山庄》人在画图中，一叶轻舟划开阔大而苍茫的湖面等。可以说江山胜迹，尽在岭云画幅中！既有名山奇峰、行云飞瀑，也有小桥流水、竹篱茅舍……正如一位美术评论家评论的："岭云山水作品，大开大合，粗枝大叶，同时又水墨淋漓，充满烟岚雾气。老辣和生拙被水墨浇融到一起，因而笔笔有意，滋味无穷。"

美哉！壮哉！秦岭云的写意山水。

徐有武的画集《风雅丹青》

近日，我在网上购到著名的海上画派人物画画家徐有武的画集《风雅丹青》，深深为他的刚健清新优美的画风和娴熟高超的技艺所倾倒所钦佩。《风雅丹青》选录画家1990年至2006年创作的108幅中国画精品，包括写意画、名著插图、释道画、戏剧速写、连环画封面、《红楼梦》群芳挂历、写生组画和人物长卷……真可谓琳琅满目，美轮美奂。

该画集以人物画为主，兼及山水、花树、走兽，多为传统题材，也有现实内容。我惊异于有武先生对古今人物的形象和气质的准确把握，无论是古代的名贤、仕女、诗人、词人以及传说中的仙人，还是当代少数民族的少女，等等，一个个炯炯有神，光彩照人。即便画的是走兽飞禽，也无论是马、牛、羊、毛驴，还是老虎、仙鹤、猫、狗，无不活灵活现，栩栩如生。其画的真、善、美，其含的丰富的意蕴，给人以强烈的感染。

　　我最早接触有武先生的绘画,是在1981年年底。是年3月,浙江人民美术出版社出版了徐有武绘画(包括封面画)的连环画《嫦娥奔月》。故事惊险有趣,画面十分生动,人物形象可爱极了,我当即买了一册珍藏至今。后来,《中国美术家辞典》当代部分出版,我从中得知有武先生虽说是知名的连环画画家,但其工作单位却一直在上海闵行中学。看到这里,我肃然起敬!一个中学美术老师,工作量何其繁重,他竟然一直坚持业余连环画创作,先后出版了好几本连环画,以至于成为连坛大家。他的艺术成就是靠勤奋打拼出来的!

　　徐有武先生是自学绘画和业余坚持艺术创作的楷模。《风雅丹青》的"后记"有他的自白:"我画了18年连环画,1989年起到今年又正好画了18年中国画。"并说他画中国画的历史大致分三个阶段。先是没有老师的瞎画即自己摸索;二是爱上黄胄画风,画毛驴,画少数民族人物;三是爱上刘旦宅画风,画传统题材人物,从题材到技法深受刘派绘画影响。有武先生自学绘画与自成一家的经历告诉我们:在文学艺术领域,自学成才的人,只要锲而不舍,勇攀高峰,完全可以和科班出身的人并肩,甚至超越他们。

荟萃百家插图的《文学作品插图辑》

我曾在一篇文章里谈到：文学著作特别是名著应该有插图或者插画,使之图文并茂。并说:"原版的外国文学作品绝大多数都有插图或插画,有些多达几十页甚至上百页,译成中文后不知道是什么原因,去掉了图只剩下文字,叫人不胜惋惜。"至于国内出版的当代文学著作,有插图的更是凤毛麟角。按说一部书写得不错,装帧也美观,再有贴切而漂亮的插图,才算圆满如意。事实上除了儿童读物和美术作品,绝大部分图书有书无图。所以一些难得的为读者啧啧称赞的插图成了艺术品,成了美术中的"美术"。

辽宁美术出版社和浙江人民美术出版社,是两家"敢为天下先"的出版社,分别出过一些前卫图书。继"浙美"1980年推出《外国插图选》一书后,"辽美"于1981年出版《文学作品插图辑》(上下册),这在当时是需要勇气与魄力的! 此书一出,颇受读者特别是文学爱好者与美术工作者们的欢迎。一些出版社纷纷仿效出版类似书刊,但都是后来抑或后来的后来事。

《文学作品插图辑》一书，收有中国的《元曲选》《水浒全传》《李自成》《上海的早晨》《苦菜花》等插图，收有外国的《奥德赛》《安徒生童话选》《克利什那》《彼得大帝》等插图，共有244幅。所选收的插图的作者几乎都是中外名画家。比如中国的大画家黄永玉为《阿诗玛》插图，叶浅予为《子夜》作的两幅插图以及画家周令钊为《王贵与李香香》作的插图，就是人所共知的佳作。

同一种文学名著，插图作者往往不止一人。如《阿Q正传》，先后有画家赵延年、彦涵、范曾等人为其插图。再如《罗密欧与朱丽叶》，英国的奥古斯特·斯皮斯和亨利希·霍夫曼等人都插过图。同一种书，不同时代的画家曾为其插过图。如《西厢记》插图的作者，既有明末人物画巨匠陈洪绶，又有当代工笔人物画大师王叔晖。同一种书，不同国籍的画家曾为其插图过。如《浮士德》，为其插图的画家，有英国的哈里·克拉克、德国的弗·胥特芬、前苏联的冈查罗夫。比较他们各自的画风和他们对插图艺术的不同追求，可以使人受到启发，学到一些东西。

万紫千红的电影宣传画

提起电影宣传画或曰电影海报,人们都会感到亲切。它悬挂在公共娱乐场所,吸引大众的目光,留住观众的脚步,甚至把观众"拉"进影院。但在特殊岁月中,因为放映的影片屈指可数,不必出海报,用不着做宣传,故电影宣传画这朵花枯萎了乃至于绝迹。直到20世纪70年代末,随着中国文艺春天的到来,一大批被禁映的中国电影连同外国电影在全国各地上映,电影宣传画才如同一朵朵报春花万紫千红地次第开放。

中外电影的热映带动大、中城市的相关单位定期与不定期地编印和销售电影剧照加内容介绍的小报或图片,规模较大的影城、影院前都竖立并时时更换一块块巨幅电影海报牌。中国电影发行放映公司编印了《电影宣传画选(1)》,一些省、市如河南省的电影发行放映公司也编印出《河南电影宣传画选集(1)》,所有这些都极大地调动了电影美术工作者创作宣传画的积极性。为了进一步推动电影宣传画艺术的繁荣和发展,辽宁美术出版社于1980年5月出版《国际电影宣传画1》,内收30多个国家的具有不同民族特色与艺术风格的电影宣传画181幅,成为电影界与美术界一时之盛事。好事接踵而至,5月份北京举办京沪两地电影宣传画展,展出中外电影宣传画200多幅。上海人民美术出版社后来从中选出80幅,以《电影宣传画小辑》(辑中20张画片,每张4幅画)的形式出版发行。1981年4月,中国美术馆举办"全国电影宣传画展",随后,许多省、市及地区也举办了画展。北京的知识出版社抓住机会,在"京沪联展"和"全国画展"的基础上又充实一些省、市、地画展作品,并优中选优,于11月推出《电影宣传画集》,共收全国20个省(市)的92名作者的125幅佳作。1982年初,中国电影出版社也推出《电影宣传画集》(该社曾在1979年出版过1辑12页的《电影宣传画选》)。这些画选、画集收入的作品虽然有一些互有重复,但瑕不掩瑜,它们给读者时时带来惊喜和欢愉,也是美术工作者们参考、借鉴的宝贵资料。

电影宣传画是造型艺术的画种之一,以它鲜明的主题、生动的形象、巧妙的构思、绚丽的色彩、独特的画风和强烈的艺术效果紧紧抓住广大观众,给人们以巨大的艺术冲击和感染。观赏这些画集,如同品尝香茗,津津有味;同时还会由画面联想到影片本身,看过该电影的能勾起回忆,未看的则目注神驰。

收入各集中的佳作,一部分是外国影片外国设计即外国美术家所画,如墨西哥影片《爱斯康底多河》、法国影片《勇士的奇遇》、前苏联影片《静静的顿河》的宣传画。一部分是外国影片中国设计即中国美术家所画,如日本影片《望乡》、前苏联影片《复活》、英国影片《水晶鞋与玫瑰花》的宣传画。还有中国电影外国设计,如中国影片《拾玉镯》的宣传画是前苏联画家所画。更多的则是中国影片中国设计,如影片《刘三姐》《五朵金花》《山间铃响马帮来》等的宣传画。不少中外影片的宣传画不止一幅,比如电影《孔雀公主》的宣传画有三幅,三幅画都画得很美,并且各有特点。戴崇武画的《孔雀公主》,表现了主人公实质上是其扮演者——电影女演员李秀明的俊美和妩媚,她身材袅娜,披着轻纱,在一大群孔雀中翩翩起舞……李加画的那幅,王子和孔雀公主低着头坐在一块交换信物,画面颇具神话色彩。孟湛、张坚石合作的《孔雀公主》宣传画,色彩柔和鲜丽,背景是幽深的宫殿和彩色的翎毛。男、女主人公正甜蜜地偎依在一起,而女主人公形、神俱似李秀明。

截止1986年,辽宁美术出版社共出版《国际电影宣传画》6册,中国电影出版社共出版《电影宣传画集》2册,加上其他出版社出的电影宣传画选和画集,我是见一本买一本,多多益善。20世纪80年代末特别是90年代,由于种种原因,电影宣传画很少出版。我不再购买,但把原先买的那些都收藏起来,逢年过节时翻看,回忆那个美好的文艺的春天。

花团锦簇的《中国版画第八届全国版画展作品选》

我喜爱版画,爱的程度甚至超过中国画。同是山水画,我觉得版画里的山水比中国画里的山水更富有生活气息和时代特征。较之古代版画,现代版画尤其是当代版画的艺术表现力更为丰富,感染力也更强烈,更叫人叹为观止。

展现在我面前的是一本新近购到的《中国版画 第八届全国版画展作品选》,虽说此书早已出版(中国版画家协会编,四川美术出版社1986年出版),但它仍如一大束沁人心脾的香花扑面而来! 画册展示了1983年我国第八届全国版画展的盛况及其作品。该书《卷首的话》强调:"'第八届全国版画展览会'是中华人民共和国成立以来规模最大的一次全国版画展览会,……体现了中国新兴版画发展史上的新的开端,呈现出崭新的面貌……版画的品种,除了木刻以外,还有铜版画、石版画、丝网版画、石刻版画、纸版画、石膏版画、砖刻等,而印刷方法则有水印套色、油印套色、拓印、拱花、拼贴、综合套

印等技术,是一次版画制作技术的大展览。这次全国版画展览,从内容到形式可说是百花竞艳,美不胜收。"

好作品触目皆是,令人应接不暇。诸如:周炳辰的水套木刻《杏花春雨江南》:江南民居白墙黑瓦,杏林花放环绕村庄,江流如带,风帆片片,远处空蒙,直到天涯;阿鸽的水套木刻《三月》:一位健美端庄的彝族姑娘坐在花树下休憩,她周身洋溢着朝气与喜气,头上的彩巾、膝下的裙裾、腰后的水罐……色彩对比强烈而亮丽;于进海的黑白木刻《延边金秋》:热闹,红火,画面广阔。既是延边秋收图,又是农家习俗画,亦是朝鲜族儿女的载歌载舞图。韩惠民的油套木刻《天山的红花》:天山下是花的草原,几位新疆姑娘在织绣着花毡。旁边的年轻女性,有的在哺乳孩子,有的在穿针引线……

再如:曹剑峰的铜版画《不尽长江》:险峰、峭壁、山峡,江水滔滔奔突,一只渔船正击水中流;赵经寰的丝网版画《行》:三位身穿民族服装的妇女,顶着罐子步履匆匆,其中的一位腰背上负着戴大盖帽的孩童……还有,版画家张新予的《富春山居》、刘向荣的《花地》、陈天然的《迎春》、杨格平与刘辉合作的《乡俗》、郑震的《秋林曲》、金明华的《水中天》、何正元的《苗寨今朝》等许多佳作,的确是花团锦簇,美不胜收。

这本版画选集是我国第八届也是历史新时期里第三次举办的全国版画展佳作的结集。版画家们蓄积很久的创作激情在文艺的春天里得到井喷,宝刀未老的版坛老将和崭露头角的版坛新秀们扬眉吐气各显身手,才拿出这么多风格各异形式多样震撼人心的好作品。与以往和后来编辑出版的一些大部头的版画多年选集相比较,此书虽薄但精品多,更值得拥有和收藏。

选辑精粹的《外国绘画选集》与《世界名画选集》

　　20世纪80年代是我国新文艺焕发青春开始走向世界的时代。走向世界必须先了解世界。在翻译、引进外国文艺作品落实"洋为中用"的热潮中,河北美术出版社继率先向中国美术界乃至读书界介绍外国美术作品的"上海人美"之后,较早地编选出版外国名画,以飨读者。"河美"于1983年3月推出《外国绘画选集》,基于当时的社会还有少许干扰,此书以"内部发行"的名义问世。到了1986年5月,正值国家改革开放欣欣向荣的大好局面,该社又出版了《世界名画选集》。两册选集像两朵姊妹花,盛开在我国历史新时期的艺坛上。

　　我20世纪80年代末才买到这两册画集,旧画不旧,倒让我耳目一新!首先,两本书的选辑精粹,谓之名画选集实至名归。两书确如其"前言"的作者穆家麒先生所说:"搜集了西方各国自14世纪至20世纪各时期的代表画家的名作与稀见珍品,色版清晰,引人入胜。画集以人物肖像和主题性创作为主,并精选了部分富有审美价值的裸体名作,锦上添花,芬芳艺坛。"

打开两本画选，就像步入花的长廊，艺术大师、画坛巨匠的名画一幅又一幅，使人应接不暇。诸如意大利波提切利的《维纳斯的诞生》、达·芬奇的《蒙娜·丽莎》、米开朗琪罗的《创世纪》、拉斐尔的《雅典学院》、提香的《圣母子与圣加特丽娜》，尼德兰勃吕盖尔的《农民的舞蹈》、鲁本斯的《劫夺吕西普的女儿》，法国普桑的《人生的舞蹈》、大卫的《萨平的妇女》、安格尔的《浴室内》、柯罗的《化妆（局部）》、德拉克洛瓦的《自由引导着人民》、库尔贝的《筛麦的妇女》、加哥摩提的《阿缪摩内被劫》、莫奈的《草地上的午餐》、雷诺阿的《音乐会上》，荷兰维米尔的《军官和微笑的少女》，英国康斯泰勃的《弗拉富德的水车小屋》、米雷的《凯勒·海伦》、渥特豪斯的《修拉斯和水妖们》，俄国希施金的《造船用材林》、前苏联列宾的《作曲家莫索尔斯基肖像》、苏里柯夫的《攻陷雪城》、塞列布里亚科娃的《农民们》，波兰谢米拉斯基的《迪尔克风的殉教》，美国马丽·卡萨特的《读书少女》、萨金特的《海边的少年们》，西班牙委拉斯凯兹的《镜前的维纳斯》、毕加索的《老渔夫》与《杂技师一家》，等等。同时，两书的装帧和印刷都精良，定价也较低，可谓物美价廉。工作之余，翻阅、欣赏这些名画，可放松自己，是一种很好的生活调剂。

一本指导铅笔画创作的好书

近年来，一些地方的美术出版社相继出版和再版铅笔画画集（大多是素描和风景画，也有人物速写等），我在书店里翻阅、欣赏它们时，总会想起一本画铅笔画的指导书——费新我先生编著的《怎样画铅笔画》。

提起费新我，一般人都知道他是大书法家，且以左手握笔写字，即"左笔"闻名于世。殊不知他还是大画家，兼是注重于写实创作与普及绘画艺术的美术教育家。他1957年出版的《怎样画铅笔画》一书，就是他从事美术普及教育的专著之一。

此书在20世纪五六十年代之交，曾长期作为中、小学图画科或曰美术课的教学参考书，颇受中、小学美术教师和美术爱好者们的欢迎。首先，它的内容丰富，举凡画铅笔画的工具，铅笔画的技法、线条、轮廓、明暗、实虚、质感、构图、写生等绘画知识都有具体介绍和举例说明。其次，它的图例取材广泛，并且有代表性；其编排系统化，

且多变化。无论静物、植物、动物、人物、建筑物、交通工具、风景名胜等,均生动引人。图例中的《太湖初春》《千年古树》《崇山峻岭中的铁路线》《滇池帆影》等,本身就是很好的铅笔风景画。

铅笔画是素描画里的一种。作为一门基础画种,它可以随心所欲地画,或简单明了,或复杂细致,或坚实刚劲,或轻快柔和;它可以在一笔之中分出粗细和浓淡,它能画出各种物质的质感特别是意味。铅笔画画好了,画水彩画、水粉画、钢笔画等才有基础。何况各类画种有很多是用铅笔起稿的,画家们搜集素材户外写生与人物速写时更是离不开铅笔。所以经常有人提醒美术爱好者:学画画最好先学铅笔画。

回想自己当年买《怎样画铅笔画》时,还是个初中学生。我曾按新我先生的教导,自学过铅笔画,可惜未能坚持下来,到后来书也弄得不知去向。事隔20多年,我在一家旧书店里看到有老版的该书出售,很亲切,很兴奋。书买到手后,我摩挲再三,仿佛回到自己的学生时代。

钢笔画里的世界风光

比起用毛笔作画的中国画,钢笔画是小字辈,新兴画种,但它仍然有它富有个性的画风与神采,有它独具的艺术魅力和特点。桌上的《钢笔画世界风光》一书,便是一本很有观赏性的特色鲜明的钢笔画画集。它的编绘者是著名钢笔画画家何云泉先生。此书1987年4月由岭南美术出版社出版印行。

何云泉先生用鲜活、细腻甚或粗犷的笔法,描绘了世界各地有代表性的名胜古迹、山川湖海、城乡新貌等。全书115幅画,每幅画都配有短文介绍,使读者及时链接到相关知识。一书在手,可纵览天下胜景,享受卧游之乐。它不仅是一本让读者赏心悦目的世界风光画集,也是一册可供历史、地理、建筑、旅游等方面的工作者参考的理想读物。

收入画集中的世界风光,除了人们熟悉的中国的故宫、长城、黄山、漓江、苏州园林、西子湖畔等以及埃及的金字塔、朝鲜的金刚山、日本的富士山、缅甸的仰光佛塔、印度的玛哈迪瓦庙、法国的巴黎圣母院、意大利的古罗马斗兽场、前苏联的红场、加拿大与美国的尼亚加拉大瀑布、丹麦哥本哈根的美人鱼雕像,等等,还有不大为人知晓的诸如泰国的铁钉山、也门的石头宫、斯里兰卡的塞雅佛寺、尼泊尔的萨加玛塔国家公园、德国的诺斯万安坦古城堡、瑞士的阿尔卑斯山主峰、波兰的瓦维尔王宫、挪威的奥尔内斯教堂、英国伦敦的塔桥、委内瑞拉的安赫尔瀑布、沙特的麦加大清真寺、西班牙克里普达纳坡镇的风车群、美国的黄石公园、澳大利亚的悉尼歌剧院、厄瓜多尔的新赤道纪念碑、危地马拉的玛雅文化遗址,等等。

让人击节称赏而又意味无穷的是:画家用钢笔刻画和表现山峰的险峻,瀑布的飞泻,堞垛的蜿蜒,园林的秀丽,城堡的古老,教堂的肃穆,宫殿的典雅,广厦的巍峨,海滨的优美,湖畔的清幽……是那样准确,那样传神,咫尺之间,一处处神奇而美丽的风光真切地毕现于读者眼前。

相对于画家用的其他种类的画笔,钢笔更便于随身携带和随时作画。每到一个游览胜地包括景点,画家从口袋里掏出钢笔和小本本写生,随兴将胜迹或风景移于纸上,再进行修饰加工,便是一幅幅好画。

喜购《中国新文艺大系（1976—1982）美术集》

进入历史新时期，中国新文艺百废俱兴，呈现生机勃勃的态势。从20世纪80年代初开始，中国文联成立以周扬为总顾问、陈荒煤为总主编、冯牧与李庚为副总主编的《中国新文艺大系》总编辑委员会，督促各分集主编及编委编纂出版此书的各时期的各分集。我出于对美术的爱好，几经努力，邮购到"大系"（1976—1982）里的美术集。读完，我写了篇书评。后来我又买到"大系"（1949—1966）中的美术集。两书相比较，前一本精品多，画风也富有特色，更值得收藏。这里，我另起炉灶，对前一本书做简明扼要的介绍。

《中国新文艺大系（1976—1982）美术集》之所以编得比较好，佳作比较多，是因为这一时期美术作品的时代背景和艺术氛围好。20世纪70年代末至80年代初，短短几年间，便形成了美术创作空前繁荣的局面，全国美协和各地美协先后恢复了组织活动，各地美术家

自发成立的美术团体不下200余个,各地出版的美术刊物达40余种,几年来举办的全国性美展(比如1980年的全国美展、1981年的全国青年美展和全军美展、1982年的全国少数民族美展、1979年的第6届全国版画展和1981年的第7届全国版画展、全国漫画展和全国连环画展)、地区性美展、美术家联合作品展及个人画展不下数百起。仅全国美展展出的作品就达3000余件,而这些作品又是从上万件作品里挑选出来的。

此集可以说是广为搜罗,优中选优,选收中国画、油画、版画、雕塑、年画、连环画、宣传画、漫画、插图、水彩画、水粉画、壁画以及其他画种的精品共400余幅。其中,罗中立的油画《父亲》、杨力舟与王迎春的中国画《黄河在咆哮》、陈丹青的油画"西藏组画之一"《进城》、蒋采萍的中国画《摘火把果的姑娘》、袁运甫等人的壁画《巴山蜀水》、周新如的木刻《金谷飘香》、里果的套色木刻《黄河源头》、张新予的水印木刻《秋染巴山》、王为政的中国画《悄悄话》、姚有多的中国画《暮归图》、钱来忠的年画《凉山风情》、田金铎的雕塑《温泉之春》、贺中令的木雕《骨肉同胞》、张千一和张恢合作的连环画《海的女儿》、叶新生的布画《赛牦牛》、王复羊的漫画《小夜曲》、朱军山的水彩画《静静的森林》、张守义的插图《战争与回忆》,等等,无不以大气恢宏、情真画美震撼观众和读者的心灵……

《中国新文艺大系·美术集》是国家组织编辑出版的美术学科方面的集思想性、艺术性、观赏性、资料性于一体的权威性的书,无论是美术工作者还是美术爱好者都有必要拥有一套,以便于鉴赏和学习。

诗画名家合作的《看图画学古诗》

乍一看书名，读者会觉得这是一本"儿童书"，一本普及我国古代诗词典籍的"启蒙"读物。实际上这是一本中国画画选。书中图画都出自当代画坛名家之手：颜梅华、施大畏、戴敦邦、任伯言、方增先、陆一飞、顾生岳、林曦明、陆俨少、刘旦宅、程十发，等等（依书目次的先后为序）。书中古诗自然是古代诗词曲和民间歌谣里的通俗易懂短小精悍的经典作品。《看图画学古诗》由上海教育出版社1986年2月出版，先出的是平装本，四个分册。合订本特别是精装合订本则于1988年3月出版发行。说它是一部古今诗画名家合作的书，也当之无愧。

书中所收的中国画，以人物画为主，兼有山水画、花鸟画、走兽画等。这些都是画家们的精心之作。当代画家取材于古典诗词意境而创作的写意画、小品画等何止万千？编者挑选其中的适合于少年儿童阅读和背诵的一些小诗及其优秀绘画，汇编成这本别开生面的富有儿童情趣的诗意画画选。

打开此书,好诗佳画涌到眼帘:一诗画页的上部是《敕勒歌》及译文,中下部是天空浩茫,阴云低垂,草原无际,牛羊撒欢;翠绿色的草地与黑色的牛羊相映成趣。一诗画页左中部是黄绿色的原野与黝黑色的杨树、榆树林,一位身着长袍大褂的诗人正在林中漫步行吟;其右部是韩愈的诗《晚春》及译文。一诗画页左边是戚继光的诗《马上作》及译文,其中部和左边是一位将军正跨马挺枪于花开草长的江岸,天上"人字形"的雁群正在振翅飞旋……如此这般的一幅幅国画大家们创作出的诗意画,提高了该书的艺术档次和文化品位,使其极具观赏价值与收藏价值。

因为此书销路好,单是平装本的一套四个分册,累积印数就达十几万套,所以,上海教育出版社又于1995年3月出版《看图画学古诗续集》。续集(精装本)里除收有上述中的大部分名画家的新作,还增添了韩硕、韩敏、吴山明、张培础、吴永良、赵豫、陆晓波、车鹏飞、石汀等知名画家的作品。最令人感兴趣的是,时隔九年,有些画家的画风大变!比如人物画大家施大畏,续集中有他的几幅新作,但与他原先画的人物画风格迥然不同。如果画上不是署有他的名字,读者很难相信这些是他的作品。

《看图画学古诗》及其续集的出版还给出版界带了个好头。一些出版社纷纷筹备出版类似书刊。其中,上海辞书出版社1997年7月编辑出版的"中国古代文学名篇与当代名家国画系列"四种,即《诗与画·唐诗三百首》《词与画·宋词三百首》《曲与画·元曲三百首》《文与画·古文二百篇》,以书好画美赢得广大读者点赞。2006年7月,人民美术出版社也推出《诗情画意—当代名家书画—唐诗·宋词·元曲三百首》(全三册),将古代诗词与当代绘画、书法结合在一起,读者的反响也颇佳。

精美典雅的《世界美术家画库》

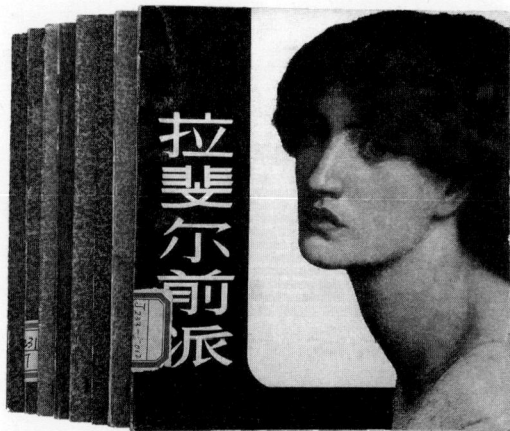

进入20世纪80年代，中国文艺逐步走向开放。

为了开阔广大读者特别是美术工作者的视野，为了系统地介绍外国各个地区各个时期各种美术流派及其代表画家们的经典作品，展示其画风和艺术成就，上海人民美术出版社早在1981年就开始编辑出版《世界美术家画库》，其"出版说明"云："《世界美术家画库》是介绍外国古今著名画家（包括雕塑家）的丛书性画册。一个或两个画家编一本。以图为主，附有作者生平介绍及作品分析的文章，供广大美术爱好者借鉴和欣赏。全画库约100种，从1981年开始出书。"这在当时来说，是一个大胆而又积极的文艺举措。"上海人美"雷厉风行，最先推出的一批画册是《西斯莱》《塞尚》《修拉 西涅克》《摩里索 卡萨特》和《劳特累克》。稍后出版了《雷诺阿》《高更》《凡·高》《莫奈》等画册。1983年1984年又相继出版《惠勒斯》《透纳》《吕德 卡尔波》《维亚尔》等画册，我是抓住时机一批批地汇款邮购。书编得精美典雅，所收作品都是画家的代表作。这些作品很大一部分我是第一次见到！所以书一收到就迫不及待地翻看，一睹为快！

这套丛书的装帧也非常考究，漂亮，大气。24开本。封面套色，内有细花纹彩；其色泽明丽、深沉，有橘黄、浅黄、浅红、钻蓝、湖蓝、普蓝、深绿、浅绿、紫绿、群青、灰白，等等；封面中上部为画家的彩笔签名，右下角为书名即该画家的中文译名，黑体白字。书的扉页左边有画家的漫画肖像，右边是画家的生卒纪年。画册里的画既有彩印即彩色画，也有黑白印刷。画册的文字说明后面还有参考图版。图版中的画尽管小一些，但画面都清晰、生动，使人看后产生进一步去收集、搜罗该画家其他作品的强烈愿望。

美中不足的是，这套"画库"出版的速度太慢，拖延的时间太长，以至于至今还没有出到一半，而20世纪已近尾声。切望"上海人美"履行诺言，在新世纪里加快进度出书，使该丛书达到或接近一百种。

"画风系列"异彩纷呈

　　"画风"这一称谓,是随着时代的巨变与观念的更新,尤其是不断丰富的社会文化生活对画家独具匠心的创作风格的认可和推崇。从画风的角度去审视作品去评议画家,更能将其个人风格与艺术成就总结、彰显出来。重庆出版社在20世纪90年代初、中期陆续出版的"中国古代绘画大师画风系列"和"外国绘画大师画风系列"便是以突出画家画风为目的的两套大型丛书,它们给读者以新的艺术感受与审美情趣。

　　我个人购得比较多的是"外国绘画大师画风系列"丛书,如《印象派画风》《安格尔 德罗克罗瓦 维米尔画风》《提埃坡罗 佛拉戈纳尔画风》《阿尔玛-塔德玛画风》,等等,其原因是我对外国绘画知之不多。同样,我对我国古代绘画也知之甚少,这就是后来的后来,我也选择性地购买相关画册。1998年秋,我买到重庆出版社新出的《中国近现代人物画风》，它虽然被列于"中古画风系列"，但实际上是介于"中古系列"与"当代系列"（尚未编辑出版）之间的作品集。

《外国绘画大师画风系列》丛书中，我最欣赏的是《鲁本斯 伦勃朗画风》。著名的佛兰德斯画派的复兴者鲁本斯是一位一生顺利而幸福的画家。他对生活的乐观、热爱、浪漫的基调，形成了他的艺术的强烈理想化与抒情性色彩。他的画具有浩大而恢宏的气势，大型构图、巨幅制作、色彩富丽，使得画面洋溢着丰沛的活力。众多的人物，亢奋的情绪，华贵的着装，丰满的人体……加上鲜丽的色彩和活跃的动态，给人以巨大的艺术冲击，每每让人眼花缭乱目不暇接。《亚马逊之战》《露天集市》《战争的恐怖》《爱的花园》《维纳斯与阿多尼斯》《帕里斯的裁判》等许多作品都体现出这一特征。与鲁本斯的以暖色调为主的作品截然不同的荷兰画家伦勃朗，其画风是在暖色中不时穿插鲜明的蓝、黑等冷色，乃至以冷色调为主。他擅长聚光及透明阴影表现主题，画面的质感突出。其代表作有《海上风景》《阿姆斯特尔之岸》《夜巡》，等等。

我看好的还有《沃特豪斯画风》。这位英国画家作品的内容大多是世人喜闻乐见的传说故事，人物又多为妙龄的秀气而清纯的美貌女子，其构图典雅别致，色调含蓄和谐。他画中的人物几乎都是少女、少妇，但没有一星半点色情，有的只是健美、善良、勤劳而率真。他的画风与艺术成就享誉当时和后世，一直为英国为欧洲人民所深深喜爱。人们称颂他的画如宁静温馨的诗，像飘忽不定的梦。画册里的《许拉斯与水仙女》《命运》《美人鱼》《银莲花》《珀涅罗珀与求婚者》《村边的两个意大利女孩》《达那伊得斯姐妹》等，都是令人赏心悦目的如诗如梦之作。

再说《中国近现代人物画风》，能比较客观地反映我国近现代绘画大师们的人物画画风及其艺术成就。画册里除了收辑有我们或熟悉或生疏的人物画巨匠吴昌硕、王震、徐悲鸿、林风眠的许多作品，收有以花卉草虫画知名天下的大画家齐白石的不少人物画外，还介绍了在现代画坛备受冷落的前中央大学教授、国立艺专校长吕凤子的一些作品。看书中介绍吕的文字，观赏、琢磨吕的画作与画风，深切感受到凤子先生是一位真正的现代人物画大师！可惜他的画只选了九幅。还有一位不大为今天的一般读者所知的陈师曾，同样是现代人物画大师！其画只选收一幅，太少太少！另一位现代人物画巨匠、漫画大家丰子恺的作品也仅仅收一幅，更叫人惋惜！相比之下，傅抱石、关良的人物画选得太多！而他俩的人物画并不是很出色。谈画册收入这么多傅、关的人物画，恐怕是出自该"画风"画册的编选者其个人的好恶。

　　总之，这两套"画风系列"选图比较准确，编得相当精彩（说实话，很难做到尽善尽美），并且都是硬精装，20开本，极便于读者欣赏和保存。

《中国传世名画》与《世界传世名画》

21世纪初，京城及地方上的多家出版社从策划到争相出版《中国传世名画》和《世界传世名画》，一时蔚为大观。2003年底，仅笔者所在的县城，就有五个版本的《中国传世名画》和四个版本的《世界传世名画》在书店和书摊乃至于农贸市场上销售，如中国民族艺术摄影版、文化艺术版、中国文史版、济南版、海燕出版社版。稍后又有京城某某日报版、北京版、远方出版社版。版本之间虽有作品多少之分，选收同一作者的画虽有同异之别，但画册都是16开，彩印，硬精装，便于鉴赏和收藏。因为都打折卖，加之是正版书，印刷质量好，一些人才乐于买。经过仔细比较和慎重挑选，我买的是北京出版社出的《中国传世名画》和文化艺术出版社出版的《世界传世名画全集》（珍藏本）。

在世界画坛，世界传世名画并无确切定论，见仁见智，众说纷纭，特别是19世纪末到20世纪西方的一些美术流派的作品，很难判断其能否真正传世。而在中国画坛，中国传世名画早有定论，且名画上大都盖有鉴赏家或名人的收藏印章甚至于皇帝的玉玺，名画本身即原件绝大多数藏于故宫博物院或省博物馆等权威机构，成为国家珍藏。所以两套书中，我只看好《中国传世名画》。之前，我和大多数农村读者一样，对我国历代名画知之很少，更不用说见到真迹。仅仅在中国美术简史、中国美术辞典、《美术》杂志和高中《美术》教材上见过一些古代名画的我，此次挑选画册，得见诸多古代名画，真是大开眼界，大饱眼福！

北京版《中国传世名画》"前言"云："本书收录了远古新石器时代至清代的无名画师及两百余位著名画家的二百八十余幅传世名画……时间跨度四千余年。几乎将所有流派、风格、样式的名画囊括其中。"是的，书中既有古代先民单纯古朴但却意义深远的岩画、地画和先秦及秦汉细密瑰丽多彩多姿的漆画、帛画、壁画，又有历朝历代画家们精工细致风格迥异的山水画、花鸟画、人物画等以及不求形似但求神似的文人画。像中国美术史提到的名家名画，比如顾恺之的《洛神赋图》、杨子华的《北齐校书图（局部）》、展子虔的《游春图》、韦偃的《双骑图》、张萱的《虢国夫人游春图》、李昭道的《明皇幸蜀图》、王维的《辋川图》、韩滉的《五牛图》、荆浩的《匡庐图》、卫贤的《高士图》、顾闳中的《韩熙载夜宴图》、巨然的《秋山问道图》、范宽的《溪山行旅图》、崔白的《双喜图》、王诜的《渔村小雪图（局部）》、赵佶的《听琴图》、张择端的《清明上河图》、马远的《踏歌图》、黄公望的《富春山居图》、王冕的《墨梅图》、王蒙的《葛稚川移居图》、张渥的《九歌图》、王履的《华山图册（局部）》、戴进的《溪堂诗思图》、李在的《琴高乘鲤图》、沈周的《庐山高图》、朱端的《烟江远眺图》、文征明的《真赏斋图》、仇英的《桃源仙境图》、王时敏的《南山积翠图》、吴宏的《燕子矶 莫愁湖两景》、石涛的《淮阳洁秋图》、王树榖的《弄胡琴图》、任熊的《大梅诗意图（局部）》等都有。读者一书在手，尽赏古代传世名画，其喜洋洋者矣！

美术亦称"视觉艺术"，名画能给人以视觉的愉悦和心灵的感应。《中国传世名画》与《世界传世名画》的出版发行，为提高普通读者的艺术品位和鉴赏力，为丰富一般家庭的书画收藏，提供了方便。

弥足珍贵的《中国版画家新作选》

2009年秋，我在旧书网上见到《中国版画家新作选》（下册），但搜索不到此书的上册，踌躇良久，我未下订单。后来见"下册"销售也很快，便抢购了一本。这之后，我每次上网都要先点击该书上册，最终发现书有是有，很贵，品相好的都在200元以上。直到2012年夏，一本标价50元的该书上册刚刚上架上网，我便发现了，当即下了订单。书挂号寄到家，我打开一看书的品相很好，再看上册不同于下册的黑白版画，几乎全是彩印版画，五光十色非常漂亮，我为无意中捡了个大漏而高兴好几天。

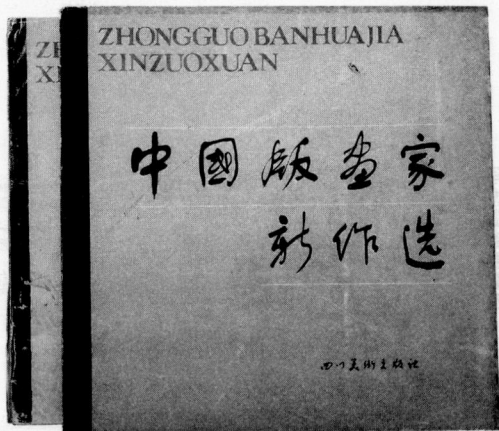

《中国版画家新作选》（上下册）收入我国老中青版画家共计312位自1980年到1985年新创作的版画495件，可以说是20世纪80年代头几年中国版画的一次全面的总体性检阅！由于书的编辑宗旨是："在于展示我国版画创作新面貌，提掖有成就的中、青年版画家，促进版画艺术的繁荣和发展。"编选方针是："从质量着眼，不因人论画。竭尽所能，广征稿件，择优入选。"所以选录的作品堪称精品荟萃。既有老一代声名远播的版画大家，又有年富力强创作成就突出的中年版画家，还有一大批崭露头角创作势头正旺的版坛新秀，加上许多虽不为人知但的确创作出不少好作品的业余版画家。这些业余作者，有的在市县文化局、县文化馆、剧团任职，有的在科研所、公司、工会工作，有的是中小学美术教师、报刊美术编辑，有的是工人、农民、海军战士……因而其作品极富生活气息与艺术特色，举凡山川新貌、基本建设、军旅生活、人物特写、生命感悟、四时风景、民族风情、村寨野趣……应有尽有，令人目不暇接心旷神怡。

这部"新作选"不同于我以前购买的一些版画集，也不同于我近年来网购的《中国当代版画》和《中国美术60年版画》等权威选本，它除了选收的作品多，近500幅，且绝大部分是佳作，还配有作者近照、美术简历和"创作谈"。这些创作谈少则几十字多则几百字，真切生动地表现出作者的创作感受与艺术追求。每一则都是一小篇言简意赅文情并茂的散文抑或散文诗。比如：版画家卜维勤是以下面一段文字展开他的"创作谈"：

每一个人都有最善于表达自己思想的工具。我的工具是版画。我喜欢版画那种强烈、明快、质朴、单纯的语言。我喜欢它直来直去、黑白分明的豪爽性格。

版画家朱葵的"创作谈"：

我爱版画艺术，爱水印木刻。水印木刻在美学形式上兼具刀味、木味、韵味，是任何绘画艺术所替代不了的。先进的印刷术可以复制它，而无法创造它。水印木刻植根在中华民族传统艺术的土壤里，但也不排斥外来的影响。它最能概括我对生活和自然的感受，也是我作为一个版画家与人民交流情感的艺术语言。

我不相信电影能代替戏剧，也不认为发达的照相术能代替绘画，更不担心先进的彩印技术会代替版画。

业余版画家许川如"创作谈"中的第一段和第二段的第一句：

我的家乡很美，碧绿碧绿的平畴上，到处长着乳一样的芭蕉、蜜一样的荔枝、柑橘、龙眼、菠萝……还有大片大片的蔗林，简直是一个甜蜜的世界。我的乡亲很巧，他们能织出巧夺天工的潮汕抽纱，弹奏婉丽动人的潮州音乐，表演独树一帜的潮州戏剧……我爱家乡，我要把根深深地扎在这片土地上。

无限的乡情，驱使我在工作之余持刀刻木，从不间断。

中年版画家王劼音"创作谈"中的开头一段与第二段：

当我拿起刻刀时，像一个老农拿起他的锄头去耕耘，并没有什么鸿篇大论的构思。发现了一些很美的东西，就想去 表现出来，如此而已。

我热衷去表现普通的工人、农民。他们是中国的脊梁，他们绝不想为自己立传。默默地在那儿流汗，令人肃然起敬。我崇拜这些普通劳动者。

再如版画家兼报纸美编董达荣的"创作谈"：

我喜欢黑白木刻，因为十多年来的创作实践，使我深感黑白韵味无穷。那大黑白对比所形成的强烈明快的画面，宛如一首激越的交响乐；而小黑白对比所组成的丰富的灰色调，又如一首优美的抒情曲。可以这样说，黑白两色是绚丽色彩的终极点，黑白木刻是最简练、概括的彩色画，而用最简练、概括的手法表现对象，不正是艺术家所追求的境界吗！

黑白木刻应该讲究刀味和木味，犹如油画讲究笔触、国画讲究笔墨、金石印章讲究破石一样。黑白木刻与金石的艺术趣味可以追溯到同一条脉络，通向我国原始时代洞窟中的石刻。从这个意义上说，刀味、木味正是我国古老艺术传统的继承。

版画家丁锐"创作谈"的后两段：

从20世纪50年代起，我在雷州半岛的渔区工作、生活，已经二十多年。浩瀚的大海和海一般性格的渔民,把我的思想感情也"海化"了。

　　沙滩、岩石、浪花、海鸥、桅帆、黧黑的脸膛、隆起的肌肉……占据我的思维,冲击我的心灵。于是,我把大海给予的力量倾注在刻刀上,表现这美好的一切。

　　……一幅幅推陈出新美轮美奂的版画与一则则短小精悍意味深长的创作谈,相得益彰,让读者沉浸在版画艺术的意境和诗情画味之中。

　　需要强调的是,这是一部"新作选",而这些新作产生的年代正是思想大解放、文艺百花竞艳的岁月。专业的和业余的版画家们个个心情舒畅,创作劲头十足,加上木刻技艺的炉火纯青,才创作出这么多的有着崭新风貌和艺术风格的好作品。因为此书是在1985年8月由四川美术出版社编辑出版,1版1印只有1300册,再未重印过,所以存世不多,弥足珍贵。随着时间的推移,愈来愈显示出它的艺术价值与收藏价值。

小跋

　　五谷、油料、蔬菜、水果，都富含原汁原味，烹饪成饭菜、汤什，加工成糕点、饮品、果品等食品，则成为各种美味且各具风味。书，作为人类的精神食粮，也应该或者说必须具有芳香可口舒心怡神的味——读时津津有味，越读越有兴味，读后久久回味。那么，书的味道究竟有哪些？哪些书饶有兴味或曰耐人寻味？哪些书不但滋味十足而且余味无尽？一个个相关话题摆在读书人面前。题名为《书味集》的这本文艺随笔集，便是我探寻书味的一次尝试。

　　我一生远离政治，不懂经济，只喜欢好的引人向上的文艺作品，尤其是好诗好画好文章。在我看来，这"好"首先指的是有"味"，即有趣味、情味、韵味和余味。收有好诗好画好文章的诗集、画集、文集（包括散文集、随笔集、杂文集、小说集、书话集和文艺评论集），才称得上是好书，是有"书味"的书，是值得去欣赏和收藏的书。如果一本书枯燥无味或者味同嚼蜡，即便其题材再好，内容再丰富，也要"敬而远之"。

　　好诗好画好文章，是作者写出来的画出来的，这作者既有名家，也有普通人或称无名作者。几十年来，我手抄过很多好诗（短诗），其大部分抄自报纸杂志，也有些抄自私人笔记；剪辑过许多美文，剪贴过不少好画，包括一般的美术工作者以及美术院校师生的作品；连同来自民间的一些年画、剪纸佳作，等等，这些都值得向大家特别是向青少年推荐。惜乎拙著《书味集》涉及的对象只限于区区几十册书！所以我这次奉献给读者朋友们的，只能是这本单薄的小书。

作者2017年11月29日
于河南省新县城关花果山村